CW01457692

« Merci, Dr Tchekhov »

Maxime Gorki
Anton Tchekhov

———

« *Merci, Dr Tchekhov* »

Correspondance présentée par
Jean Pérus

Bernard Grasset
Paris

Photo de couverture : © Rue des Archives

ISBN 978-2-246-85399-2
ISSN 0756-7170

M. Gorki et A. Tchekhov/« Merci, Dr Tchekhov »

Alexeï Maximovitch Pechkov naît le 28 mars 1868 dans une famille modeste de Nijni-Novgorod. En 1879, il quitte l'école et son foyer pour « vagabonder », selon son mot, sur les routes de la Grande Russie, exerçant divers métiers, peintre d'icônes, boulanger, charpentier, matelot même. En 1881, il s'établit à Kazan où, après avoir essayé de reprendre ses études, il tente de se suicider. Dans des cafés où il boit beaucoup, il rencontre des opposants au régime tsariste. Le voici militant, tenant des réunions secrètes et distribuant des tracts. Premier emprisonnement de quelques jours en 1889. À Tiflis (actuelle Tbilissi, capitale de la Géorgie), il publie sa première nouvelle, Makar Tchoudra, *sous le pseudonyme de Maxime (le prénom de son père) Gorki (qui signifie « amer » en Russe). En 1898 paraît* Croquis et récit, *recueil de portraits et de nouvelles sur les classes populaires, qui lui apporte la notoriété. Journaliste, écrivain, combattant le régime impérial, tout ceci se rejoint dans* Les Petits-Bourgeois *et* Les Bas-Fonds, *ses premières pièces de théâtre, dans lesquelles il exalte le prolétariat, et qui triomphent à Moscou mais sont interdites. En 1902, il est élu à l'Académie impériale, mais l'empereur Nicolas II annule le scrutin. Gorki adhère au Parti ouvrier-social démocrate (le POSD, qui deviendra le Parti communiste de l'Union soviétique) en 1906 ; des pressions politiques le contraignent à l'exil ; il voyage en Europe et aux Etats-Unis, écrit beaucoup tout en accomplissant la mission confiée par le Parti : recueillir des fonds pour financer la révolution. En 1907 paraît un de ses plus célèbres romans,* La Mère. *Il bénéficie d'une amnistie impériale en 1913 et retourne en Russie. Il publie les deux premiers volumes de son autobiographie :* Enfance *(1913) et* En gagnant mon pain *(1915). Il soutient le Parti en lui reversant la plupart de ses droits d'auteur, tout en critiquant Lénine dont il hait l'ambition et l'égoïsme. Le chef de la révolution d'Octobre le pousse à un nouvel exil en 1921.* Mes universités, *troisième volume de son autobiographie, paraît en 1923. D'Italie, Gorki défend toujours les communistes et dénonce toujours les méthodes violentes des dirigeants. Staline, avec qui il entretenait des rapports cordiaux, lui permet de revenir en URSS en 1933. Gorki est salué comme un héros de la Révolution ; il promeut le « réalisme socialiste », dont il passe pour être le fondateur, puis prend la présidence de l'Union des écrivains, avec laquelle il organise les séjours en URSS des intellectuels étrangers. Comme Staline l'a lui-même qualifié, Gorki a été le « premier écrivain officiel du Parti » Il meurt des suites d'une pneumonie en 1936.*

Petit-fils d'un serf ayant racheté sa liberté, Anton Pavlovitch Tchekhov naît le 17 janvier 1860 à Taganrog (Russie) dans une famille de commerçants. En 1880, étudiant en médecine, il gagne de l'argent en publiant des textes humoristiques dans des revues et des journaux ; à seulement vingt-trois ans, il a déjà publié 120 textes. En 1884, il ouvre un cabinet médical à Moscou et publie son premier recueil de nouvelles, Les Contes de Melpomène. *Deux ans plus tard,* Récits, *son deuxième recueil de nouvelles, triomphe. Il pourrait arrêter la médecine, mais pas question d'abandonner les malades, et il reste le Dr Tchekhov. Un an plus tard,* Ivanov *est acclamé par le public au théâtre Korch de Moscou.* La Salle n° 6 *(1892), où il décrit des malades psychiatriques, lui vaut une lettre d'admiration de Léon Tolstoï. Tchekhov arrête quasiment d'écrire pendant l'année du choléra (1893) et se consacre au soin des malades. En 1896, la première représentation de* La Mouette *au théâtre Alexandrinski de Saint-Pétersbourg, est un fiasco. Le public, dérouté par l'originalité de l'œuvre, quitte la salle ; sa reprise par le Théâtre d'Art de Moscou en 1899 est un succès, et* La Mouette *est aujourd'hui considérée comme son chef-d'œuvre et l'une des plus grandes œuvres du théâtre russe. Nouveaux triomphes au théâtre,* Oncle Vania *(1899),* Les Trois Sœurs *(1901),* La Cerisaie *(1904). En 1904, épuisé par la maladie, Tchekhov quitte la Russie pour se soigner en Allemagne où il meurt le 2 juillet. Lui pour qui la littérature et la politique étaient absolument distinctes n'a jamais adhéré à un parti, mais n'a pas manqué une occasion de dénoncer une injustice ou de soutenir une cause noble, comme l'illustre, entre autres, son soutien à Émile Zola lors de l'Affaire Dreyfus, ou sa démission de l'Académie impériale pour protester contre l'annulation de l'élection de Gorki en 1902.*

Cette correspondance, parue pour la première fois en France aux éditions Grasset en 1947, révèle la proximité artistique de deux des plus grands écrivains russes. En 1898, Tchekhov est déjà l'auteur d'une œuvre impressionnante, tandis que Gorki, presque du même âge et de la même origine sociale, a mené une vie errante. Ce révolutionnaire ombrageux qui avait fait de l'amer son pseudonyme s'adresse à Tchekhov avec passion : « Les lettres russes ne comptent pas encore de nouvelliste qui vous soit comparable et vous êtes aujourd'hui la figure la plus marquante de notre littérature. » Tchekhov répond avec non moins de générosité à ce contemporain obscur, s'intéresse à ce qu'il écrit, lui demande de lui envoyer ses textes, lui conseille de travailler tel ou tel aspect de son style : « L'unique défaut, c'est l'intempérance, le manque de grâce. Lorsque pour un effet déterminé, on met en jeu le minimum de gestes, cela s'appelle la grâce. Or dans les vôtres on sent l'excès. » Cette franchise, cet esprit égalitaire de la part d'un écrivain très occupé à l'intention d'un bougon confrère donneront à celui-ci le courage qui lui manquait pour écrire, écrire vraiment. La plus belle conséquence de ces lettres, ce sont les livres de Gorki.

Gorki et Tchekhov étaient presque du même âge : à peine Tchekhov était-il l'aîné de quelques années. Tous deux étaient issus de la même couche sociale, la petite bourgeoisie urbaine : qu'on remontât deux générations, et l'on trouvait des serfs. Ils avaient grandi tous deux entre les petits soucis de boutique et les pompes exaltantes et consolantes de la religion traditionnelle. Tous deux avaient vu de bonne heure leur famille ruinée et avaient dès l'adolescence dû gagner leur pain à la sueur de leur front.

Leur tempérament, et peut-être aussi ces hasards propres à chacun, leur font cependant des destinées opposées. Tchekhov mène ses études jusqu'au bout, conduit de front l'université et les premiers essais littéraires, puis l'exercice de la médecine et la littérature, avant de se consacrer tout entier aux lettres. En 1898, il a derrière lui une œuvre considérable : il a enrichi la littérature russe d'un genre nouveau, le conte, où d'emblée il est un maître, supérieur à Maupassant au jugement de Tolstoï ; il a poussé la nouvelle à un degré de perfection que n'avaient atteint ni Gogol ni Tourguéniev ; il a donné au théâtre russe le drame qui lui manquait. Tolstoï prononce sur lui le jugement le plus élogieux dont puisse rêver un écrivain russe : « C'est un Pouchkine en prose. » Il est au sommet de la gloire. Les six années qui lui restent à vivre confirment, de chef-d'œuvre en chef-d'œuvre, la maturité de son génie.

En 1898, Gorki est presque encore un inconnu. Si Tchekhov a mené la vie régulière d'un homme de lettres, propice à une production extraordinairement abondante et toujours soignée, sa vie tumultueuse a tout entier absorbé Gorki. Il a fait tous les métiers, il a traîné dans les bas-fonds des grands ports de la Volga, il a vagabondé à travers l'Ukraine, le Kouban et le Caucase, il n'a eu d'universités que les cercles politiques clandestins, il a hanté plus d'une prison et vit encore sous surveillance policière. C'est l'excès de ses impressions qui l'a contraint à écrire : il les déverse dans ses feuilletons et dans quelques nouvelles qui presque toutes ont paru dans d'obscures feuilles provinciales. Il est journaliste parce que Korolenko a voulu l'encourager à écrire. Mais la plume n'est pour lui qu'un gagne pain. Il sait mal encore où sa vocation l'appelle : il ne se sent pas du tout homme de lettres.

Mais il a des hommes un sens très sûr : il sait partout reconnaître la générosité. En un temps où la critique russe voyait en Tchekhov un « décadent » et l'accusait d'indifférentisme, Gorki reconnaît en lui une âme sœur de la sienne, animée du même absolu mépris pour la mesquinerie et la bassesse qui pénètrent toute la vie russe en ces années de réaction autocratique ; sous son apparent pessimisme il aperçoit le même amour des hommes et la même nostalgie d'une vie claire et rayonnante. C'est là le sentiment qui lui donne la force d'écrire au grand écrivain ces lettres timides et passionnées, géniales et absurdes, auxquelles Tchekhov répond avec cette fine intelligence, ce tact et cette gentillesse dont avait besoin le fruste autodidacte pour se sentir introduit dans le monde sacré des lettres. C'est Tchekhov qui lui en fait franchir le seuil, le guide sans le brider, lui donne la confiance nécessaire à la publication – privée – des premiers recueils de ses nouvelles, et le conduit en quatre ans à écrire ces *Bas-Fonds* qui font en quelques mois le tour de toutes les grandes scènes du monde et le font entrer d'un coup dans la gloire.

Ainsi voit-on au tournant du siècle, à la veille des grands bouleversements révolutionnaires, le plus discret, le plus délicat, le plus fidèle aussi des représentants de la grande tradition humaniste russe passer avant de mourir le flambeau au jeune écrivain du prolétariat, bouillant et tourmenté, qui devait être le fondateur de la littérature soviétique. Sans doute est-ce à l'arrière-plan ce grand moment de l'histoire et des lettres qui donne ce ton de grandeur au dialogue par lui-même si émouvant d'un maître affectueux et exigeant et d'un disciple incapable déjà de suivre d'autre voie que celle de son propre génie.

Jean PÉRUS.

1

M. Gorki à A. Tchekhov.

Nijni-Novgorod,
octobre ou début novembre 1898.

V. S. Mirolioubov me dit que vous avez exprimé le désir de recevoir mes livres. Je vous les envoie et je profite de l'occasion pour vous écrire : il y a quelque chose que je veux vous dire, Anton Pavlovitch. À franchement parler, je voudrais vous déclarer l'amour ardent et sincère que je nourris servilement pour vous depuis l'enfance, je voudrais vous dire mon enthousiasme devant votre admirable génie, amer et prenant, à la fois tragique et tendre, toujours si beau, si délicat. Bon Dieu, il faut que je serre votre main, votre main d'artiste, votre main d'homme sincère, et donc triste, n'est-ce pas ?

Dieu vous donne longue vie, pour la gloire de la littérature russe ! Dieu vous donne santé et patience, qu'il vous donne du cœur au travail !

Que d'instants merveilleux j'ai vécus dans vos livres, que de fois j'ai pleuré sur eux, j'enrageais comme le loup pris au piège, et puis tristement, longuement, je riais.

Vous aussi, peut-être, allez rire de ma lettre, car je sens que j'écris des bêtises, des choses enthousiastes et incohérentes, mais c'est que, voyez-vous, tout est bête, hélas, qui vient du cœur. Bête, même si c'est grand, vous le savez bien.

Encore une fois je vous serre la main. Votre génie est un pur et lumineux esprit, empêtré des liens de la chair, enchaîné aux viles nécessités de la vie quotidienne, et c'est là son tourment. Qu'il pleure : ses lamentations n'empêcheront pas son appel vers Dieu d'être clairement entendu.

A. PECHKOV.

P.-S. Peut-être voudrez-vous m'écrire ? Tout simplement Pechkov, Nijni, ou adressez la lettre au *Journal de Nijni.*

2

A. TCHEKHOV à M. GORKI.

Yalta, 16 novembre 1898.

Cher Alexis Maximovitch,

J'ai bien reçu depuis longtemps déjà votre lettre et vos livres, depuis longtemps je me prépare à vous écrire ; mais toutes sortes de choses m'en empêchent. Pardonnez-moi, je vous prie. Dès que je pourrai saisir une heure de liberté, je m'assieds et je vous écris longuement. Hier soir j'ai lu votre *Foire à Goltva*, qui m'a plu beaucoup, et il m'a pris envie de vous écrire ces lignes pour que vous ne vous fâchiez pas et ne pensiez pas de mal de moi. Je suis très, très heureux que nous ayons fait connaissance et je vous remercie infiniment, vous et Mirolioubov, qui vous a écrit à mon sujet.

En attendant l'heureux moment où je serai plus libre, je vous envoie tous mes vœux et vous serre amicalement la main.

Votre A. TCHEKHOV.

3

M. GORKI à A. TCHEKHOV.

Nijni-Novgorod,
deuxième quinzaine de novembre 1898.

Cher Anton Pavlovitch,

Sincèrement merci de votre réponse et de votre promesse de m'écrire encore. J'attends une lettre de vous, et surtout je voudrais avoir votre opinion sur mes contes. Il y a quelques jours j'ai vu *Oncle Vania*; je l'ai vu et… j'ai pleuré comme une bonne femme, bien que je sois loin d'être un nerveux, je suis rentré chez moi abasourdi, chaviré par votre pièce, je vous ai écrit une longue lettre et je l'ai déchirée. On ne peut dire clairement ce qu'elle éveille au fond de l'âme, ce n'est qu'un sentiment, mais en regardant ses héros sur la scène il me semblait qu'une scie émoussée me découpait tout entier. Ses dents mordent droit au cœur et sous leurs morsures, il se contracte, il gémit, il se déchire. Pour moi, c'est une chose formidable que cet *Oncle Vania*, c'est une formule de théâtre entièrement nouvelle, un marteau dont vous frappez la tête vide du public. De toutes façons il est invincible dans sa stupidité et il vous comprend mal dans *La Mouette* comme dans *Vania*. Écrirez-vous encore des drames? Vous le faites admirablement!

Dans le dernier acte de *Vania*, quand le docteur après une longue pause, parle de la chaleur en Afrique, je me suis mis à trembler d'extase devant votre génie et d'effroi devant l'humanité, devant notre existence incolore et misérable. Comme vous frappez là vigoureusement au cœur, et comme vous frappez juste! Vous avez un talent énorme. Mais, dites-moi, quel clou pensez-vous enfoncer avec de tels coups? Est-ce que vous ressusciterez l'homme pour autant? Nous sommes des êtres pitoyables – oui, vraiment, des gens assommants. Grincheux, rebutants; et il faut être un monstre de vertu pour aimer, plaindre, aider à vivre ces riens du tout, ces sacs à tripes que nous sommes. Mais quand même, les hommes n'en font pas moins pitié. Moi qui suis loin d'être un homme vertueux, je sanglotais en voyant Vania et les autres avec lui, bien que ce soit tout à fait stupide de sangloter et plus encore de le dire. Il me semble, voyez-vous, que dans cette pièce vous traitez les hommes avec la froideur du démon. Vous êtes indifférent comme la neige, comme la tourmente. Pardonnez-moi, je me trompe peut-être, en tout cas je ne parle que de mes impressions personnelles. Mais voyez-vous, votre pièce a laissé en moi une peur, une angoisse pareille à ce que j'ai éprouvé jadis dans mon enfance : j'avais dans le jardin un coin à moi où je pouvais de mes mains planter des fleurs et où elles venaient très bien. Mais un jour en venant les arroser, que vois-je : le parterre défoncé, les fleurs brisées et, couché sur les

tiges saccagées, notre cochon, notre cochon malade, qui
avait eu la patte de derrière cassée par la porte cochère.
Mais la journée était radieuse et le maudit soleil éclai-
rait avec une application particulière et indifférente le
désastre et les débris d'une partie de mon cœur.

Voilà comme je suis. Ne m'en veuillez pas si j'ai eu un
mot de travers. Je suis un grand lourdaud et un rustre,
et l'âme chez moi est incurablement malade. Comme,
d'ailleurs, il faut que soit l'âme de l'homme qui pense.

Je vous serre la main bien fort, je vous souhaite une
bonne santé et du goût au travail. On a beau vous louer, on
ne vous estime pas assez et, semble-t-il, on vous comprend
mal. De ceci je ne voudrais pas servir de preuve.

                                        A. PECHKOV.

Écrivez-moi, je vous prie, comment vous-même voyez
votre *Vania*. Et si je vous ennuie avec tout cela, dites-
le franchement. Autrement, bien sûr, je vous écrirai
encore.

4

A. TCHEKHOV à M. GORKI.

Yalta, 3 décembre 1898.

Cher Alexis Maximovitch,

Votre dernière lettre m'a fait grand plaisir. Merci de
tout cœur. *Oncle Vania* est écrit depuis longtemps, très
longtemps ; je ne l'ai jamais vu à la scène. Ces dernières

années on s'est mis à le donner souvent sur les scènes de province, peut-être parce que j'ai publié un recueil de mes pièces. En général elles me laissent froid, il y a long-temps que je me tiens à l'écart du théâtre, et écrire pour le théâtre ne me dit plus rien.

Vous me demandez mon avis sur vos contes. Mon avis ? Un talent incontestable et avec cela authentique, un grand talent. Par exemple, dans le conte *Dans la steppe* il se manifeste avec une force extraordinaire ; à ce point que j'en ai ressenti de l'envie, j'aurais voulu l'avoir écrit. Vous êtes un artiste, intelligent, d'une remarquable sen-sibilité, vous avez des dons plastiques, ainsi quand vous dépeignez une chose, vous la voyez, vous la palpez avec les mains. C'est d'un art authentique. Voilà mon opinion, et je suis très content de pouvoir vous en faire part. Je suis très content, je vous le répète, et si nous faisions connaissance et que nous causions une heure ou deux, vous seriez convaincu de la haute estime où je vous tiens et des espérances que je place en vos dons.

Parlons maintenant de vos défauts. Mais ce n'est pas aussi facile. Parler des défauts du génie, c'est la même chose que de parler des défauts d'un grand arbre qui pousse dans le jardin. C'est que là, l'essentiel de la ques-tion n'est pas dans l'arbre lui-même mais dans le goût de celui qui le regarde. N'est-ce pas vrai ?

Je commencerai par ce qui, à mon avis, me paraît chez vous manque de mesure. Vous êtes comme le spectateur au théâtre qui manifeste son enthousiasme avec si peu de discrétion que ni lui ni les autres ne peuvent entendre. C'est particulièrement sensible dans les descriptions de la nature dont vous coupez vos dialogues. Quand on les lit, ces descriptions, on les souhaiterait plus serrées, plus courtes, quelque chose comme deux ou trois lignes. L'emploi fréquent de mots tels que délicatesse, murmure,

velouté, etc., leur donne un air de rhétorique, une mono-
tonie qui refroidit, qui accable presque. Cette intempérance est sensible aussi dans les portraits de femmes
(*Malva*, *En radeau*) et dans les scènes d'amour. Ce n'est
pas de l'ampleur, ce n'est pas de la largeur de touche, c'est
de l'intempérance. Et puis il y a l'emploi fréquent de mots
qui ne conviennent pas du tout à des récits du genre des
vôtres. Accompagnement, disque, harmonie, un tel vocabulaire choque. Vous parlez souvent de vagues. Dans les
portraits d'intellectuels, on sent l'effort, et comme de la
prudence ; non que vous ayez mal observé les intellectuels, vous les connaissez, mais vous ne savez pas exactement de quel côté les aborder.

Quel âge avez-vous ? Je ne vous connais pas, je ne sais
pas d'où vous venez ni qui vous êtes, mais il me semble
que tant que vous êtes encore jeune, vous devriez quitter
Nijni et passer deux ou trois ans à vous frotter pour ainsi
dire à la littérature et aux gens de lettres ; non qu'il s'agisse
d'apprendre à chanter de nos rossignols et de s'aiguiser la
voix ; mais pour vous plonger tête première dans la littérature et apprendre à l'aimer ; et puis en province on
vieillit vite. Korolenko, Potapenko, Mamine, Ertel sont
des écrivains excellents ; dans les premiers temps peut-
être ils vous paraîtront un peu ennuyeux, mais au bout
d'un an ou deux vous vous habituerez et vous les estime-
rez à leur mérite : leur société vous paiera avec usure le
désagrément et l'incommodité de la vie dans la capitale.

Je cours à la poste. Portez-vous bien, je vous serre la
main bien fort. Encore une fois merci de votre lettre.

Votre A. TCHEKHOV.

5

M. GORKI à TCHEKHOV.

Nijni-Novgorod, décembre 1898.

Vous m'avez écrit une bien bonne lettre, Anton Pavlovitch; c'est juste et vrai ce que vous dites de mes expressions ampoulées. Je n'arrive pas à les bannir de mon vocabulaire; ce qui m'en empêche, c'est la crainte d'être grossier. Et puis, je cours toujours quelque part, je bâcle tout ce que je fais, et qui pis est, je vis exclusivement de mon travail littéraire. Je ne sais rien faire d'autre.

Je suis un autodidacte, j'ai trente ans. Je ne crois pas que je puisse être mieux que cela, puissé-je me tenir seulement au degré que j'ai atteint; ce n'est pas haut, mais c'est assez pour moi. Au demeurant je suis un personnage peu intéressant.

Vous, c'est autre chose : on est saisi par la puissance de votre génie. Vous déclarez ne plus vouloir écrire pour le théâtre, cela m'oblige à vous dire un mot du sentiment du public à l'égard de vos pièces. On dit par exemple qu'*Oncle Vania* et *La Mouette* représentent un drame d'un genre nouveau, où le réalisme s'élève jusqu'à un de ces symboles qui unissent l'inspiration à la profondeur de la pensée. Je trouve que c'est très vrai. En écoutant votre pièce, je pensais à la vie offerte en sacrifice à une idole, à l'irruption de la beauté dans la vie misérable des hommes, et à bien d'autres vérités essentielles et graves. Les autres drames ne détournent pas l'homme de la réalité vers les méditations philosophiques, ce que font les vôtres. Mais – pardon ! voilà bien des mots

superflus. Si vous n'écrivez plus de drames, vous écrirez des contes : la vie et moi nous n'y perdrons pas. Les
lettres russes ne comptent pas encore de nouvelliste qui
vous soit comparable et vous êtes aujourd'hui la figure
la plus marquante de notre littérature. Maupassant est
bon et je l'aime beaucoup. Mais je vous préfère à lui.
D'ailleurs je ne sais comment vous dire ma vénération,
je ne trouve pas de mots, et croyez-moi, je suis sincère.
Vous êtes un puissant génie. Je vous souhaite la santé.
Mais n'avez-vous pas reçu une proposition de collaboration à *La Vie* ? Ce serait merveilleux si vous acceptiez
leurs conditions ! Acceptez donc ! Il y a, à cette revue,
le très sympathique V. A. Posse, il m'a sollicité et j'ai
marché. Je connais Korolenko, les autres ne sont vraiment pas intéressants. Aller vivre à Saint-Pétersbourg
– non. Je n'aime pas les grandes villes et avant de faire
de la littérature, j'étais un vagabond. À Pétersbourg,
d'ailleurs, je ne tarderais pas à crever car j'ai une bonne
petite phtisie. Je vous serre la main.

A. Pechkov.

6

M. Gorki à Tchekhov.

Nijni-Novgorod, fin décembre 1898.

J'ai reçu une lettre de Possé, il me fait savoir que vous
donnerez votre collaboration à *La Vie*.

Cher Anton Pavlovitch, pour *La Vie* vous êtes l'as d'atout, et pour moi, votre consentement c'est la fête des fêtes! Je suis bigrement content.

Bien entendu, vous savez le triomphe de *La Mouette*. Hier une personne parfaitement au courant des choses du théâtre, familière de tous nos coryphées de la scène, un homme qui approche de la soixantaine, très fin connaisseur et homme de goût, me disait avec des larmes d'émotion : « Voilà près de quarante ans que je vais au théâtre et j'ai vu de tout! Eh bien, je n'ai jamais vu une aussi *géniale hérésie* que *La Mouette*. Et ce n'est pas une voix unique, vous savez. Je n'ai pas vu *La Mouette* à la scène, mais je l'ai lue – elle est écrite d'une main puissante! Et vous ne voulez plus écrire pour le théâtre? Il faut écrire, bon Dieu! Pardonnez-moi de vous écrire de façon aussi décousue, mais réellement c'est formidable ce que je me sens bien et joyeux, et je vous aime tant, voyez-vous. Je suis content du succès de *La Mouette*, content pour *La Vie*, content pour moi, parce que je peux vous écrire, et content pour vous, parce que c'est vous. Je vous souhaite la santé, du cœur à l'ouvrage, la confiance en vous-même, et – vive la vie! N'est-ce pas?

Bonnes fêtes, si ma lettre arrive avant la nouvelle année.

Je vous serre la main bien fort, votre main de génie.

A. Pechkov.

7

A. TCHEKHOV à M. GORKI.

Yalta, 3 janvier 1899.

Cher Alexis Maximovitch,

Je réponds d'un coup à vos deux lettres. Avant tout, bonne année et bonne chance ; de tout mon cœur d'ami, je vous souhaite le bonheur sous la forme que vous voudrez.

Visiblement, vous ne m'avez pas très bien compris. Je ne vous ai pas parlé de grossièreté, mais seulement de l'inconvénient des mots étrangers, qui ne sont pas foncièrement russes, ou rarement usités. Chez d'autres auteurs des mots comme « fataliste » passent inaperçus, mais dans votre style musical, harmonieux, la moindre aspérité hurle. C'est affaire de goût naturellement, et il est possible que parle en moi une susceptibilité excessive ou le conservatisme d'un homme qui s'est assimilé depuis longtemps des habitudes déterminées. Je me réconcilie – quant aux descriptions – avec l'« assesseur de collège » et le « capitaine de vaisseau de deuxième classe », mais « flirt » et « champion » éveillent en moi (quand il s'agit de descriptions) une répugnance.

Vous êtes un autodidacte ? Dans vos contes vous êtes pleinement artiste, et on y sent une culture véritable. Si quelque chose vous est étranger, c'est bien la grossièreté, vous êtes intelligent et votre sensibilité est fine et délicate. Vos meilleures choses, *Dans la steppe* et *En radeau* – vous en ai-je déjà parlé ? – sont excellentes, des modèles du genre, on y sent un artiste de la meilleure école. Je ne crois pas me tromper. L'unique défaut, c'est l'intempérance, le manque de grâce. Lorsque pour un effet déterminé, on met en jeu le minimum de gestes, cela s'appelle la grâce. Or dans les vôtres on sent l'excès.

Vos descriptions de la nature sont d'un artiste ; vous êtes un paysagiste authentique. Seulement cette fréquente assimilation de la nature à l'homme (anthropomorphisme), lorsque la mer respire, que le ciel regarde, la steppe s'attendrit, la nature murmure, parle, s'afflige, etc., tout cela rend la description monotone, parfois fade, parfois obscure ; la beauté et l'expression dans les descriptions de la nature ne s'obtiennent que par la simplicité, par des phrases aussi unies que « le soleil se coucha », « il fit sombre », « il se mit à pleuvoir », etc., et vous possédez cette simplicité à un degré rare chez un écrivain.

La première livraison de *La Vie* nouvelle manière ne m'a pas plu. Ce n'est pas sérieux. Le conte de Tchirikov est naïf et faux, le conte de Veressaiev est une grossière contrefaçon de je ne sais quoi, un peu de votre *Ménage Orlov*, grossière et naïve avec ça. Des contes comme ceux-là ne mènent pas loin. Dans votre *Kirilka* tout est gâché par le personnage du président de zemstvo ; le ton général est bien soutenu. Ne représentez jamais de président de zemstvo. Rien n'est plus facile que de montrer des autorités antipathiques, le lecteur aime cela, mais c'est le lecteur le plus déplaisant, le plus borné. Pour les personnages de type récent, comme le président de zemstvo, je nourris la même antipathie que pour le « flirt » – en quoi j'ai peut-être tort. Mais j'habite la campagne, je connais tous les présidents de zemstvos de mon canton et des voisins, je les connais depuis longtemps, et je trouve que leur personnage et leur activité ne sont ni typiques ni intéressants – et en cela, il me semble que j'ai raison.

Un mot maintenant des « vagabonds ». Les « vagabonds », c'est un très joli tour, et séduisant, mais avec les années on s'alourdit, on colle sur place. Et le métier littéraire est par lui-même épuisant. D'échecs en déceptions, le temps passe vite, on ne voit pas la vie présente, et le passé, le temps où j'étais si libre, me semble déjà étranger, comme d'un autre.

On m'apporte le courrier, il faut lire les lettres et les journaux. Portez-vous bien et soyez heureux. Merci de vos lettres. Grâce à vous, notre correspondance a aisément trouvé sa voie.

Je vous serre la main.

Votre A. Tchekhov.

8

M. Gorki à A. Tchekhov.

Nijni-Novgorod,
première quinzaine de janvier 1899.

Je suis comblé ! Votre belle et bonne lettre est à la fois diablement flatteuse et affligeante. J'y sens le visage de votre âme : je le vois sévère et ma sincère vénération pour vous en est grandie. Je vous souhaite la santé et du cœur à l'ouvrage.

Ce n'est pas consolant mais c'est bien vrai, ce que vous dites de *La Vie*, de Tchirikov et de *Kirilka* ; oui, c'est bien cela : *La Vie* jusqu'ici n'est pas sérieuse, Tchirikov est naïf et de *Kirilka* on peut dire qu'il ne mérite aucun commentaire. Quant à Veressaiev, je ne suis pas d'accord. Je ne prête pas à cet auteur une âme riche ni forte, mais depuis son *Sans chemin, Andréi Ivanovitch* est, il me semble, ce qu'il a donné de meilleur. Néanmoins pour *La Vie* c'est peu. Mais vous, Anton Pavlovitch, que ne lui donnez-vous quelque chose ! Je vous en prie instamment parce que cette *Vie*, j'y tiens. Pourquoi ? C'est que, voyez-vous, il y a là un homme que je connais, V. A. Possé, une grande énergie qui peut être très féconde pour notre vie si pauvre en belles et bonnes choses. Il faut le soutenir pendant les premiers temps, lui permettre de mettre en jeu toutes les forces de son âme. Outre cela – qui est pour moi l'essentiel – *La Vie* tend à fondre le populisme et le marxisme en un tout harmonieux. Telle était sa tâche, du moins au début. Maintenant les marxistes, qui avaient promis d'y collaborer, ont mené Possé par le bout du nez et fondé leur propre revue, *Le Principe*. Je ne comprends rien à toutes ces affaires. Je dirai tout crûment que je ne pense pas de bien des publicistes pétersbourgeois, je pense que tous leurs partis sont une chose sans vie, dans laquelle on sent battre davantage la vanité personnelle de gens sans grand talent, que des âmes enflammées du désir de bâtir aux hommes une vie neuve et libre sur les débris de notre vieille vie étriquée. Savez-vous, j'ai quelquefois envie de vociférer contre eux, à pleine gorge, de tout mon cœur torturé par leur petitesse. Voyez comme je suis terrible ! Mais donnez donc maintenant à *La Vie* quelque chose de vous, elle acceptera les conditions que vous voudrez. Pensez donc : votre impulsion et d'autres efforts unis vont faire tout d'un coup surgir une revue réellement intéressante et sérieuse. Ce sera magnifique ! Si cela est. Et maintenant – pardonnez-moi ! – je vais parler de moi, à l'occasion de votre lettre.

Voyez-vous, j'ai besoin de parler de moi, je ne sais pourquoi, et bien que je ne pense pas que vous ayez besoin de
m'entendre, il faut tout de même que je parle.

   Vous dites que j'ai mal compris quand vous avez parlé
de grossièreté – soit ! Mettons que je sois élégant, plein
de talent, et que le diable m'emporte ! Mon élégance, mon
talent, je n'y croirais pas même quand vous me le répéte-
riez dix et vingt fois. Vous avez dit que je suis intelligent,
et j'ai bien ri. Cela m'a rempli de gaîté et d'amertume. Je
suis bête comme une locomotive. Depuis l'âge de dix ans
je suis livré à moi-même, je n'ai jamais eu le moyen de
m'instruire, je n'ai fait que dévorer la vie et travailler, et
la vie m'a réchauffé à coups de poing ; elle m'a nourri du
meilleur et du pire, enfin elle m'a chauffé, elle m'a mis en
mouvement, et me voilà lancé à fond de train. Mais il n'y
a pas de rails sous moi, ma sensibilité est fraîche et forte,
mais penser – je ne sais pas : la catastrophe m'attend.
La comparaison, ma foi, n'est pas mauvaise. L'instant où
j'irai piquer du nez dans la terre n'est pas encore proche,
dût-il arriver demain ; peu m'importe, je ne crains rien et
ne me plains de rien. Mais il y a des moments où j'ai pitié
de moi – me voici présentement à un de ces moments-
là – et je parle de moi à quelqu'un que j'aime. J'appelle
cette sorte de conversation « laver son âme aux larmes
du silence », parce que, voyez-vous, on a beau parler, on
parle pour ne rien dire et on ne dira jamais ce dont l'âme
pleure. À vous, je ne parle pas seulement parce que je
vous aime, mais aussi parce que je sais que vous êtes un
homme à qui il suffit d'un mot pour former une image,
des phrases, et écrire un conte, un merveilleux conte qui
fouille les profondeurs et l'essence de la vie comme la
terre une sonde. Si nous nous rencontrons, je n'oserai pas
vous dire un mot de vous, car je ne saurai pas dire ce que
je voudrais, mais maintenant, de loin, il m'est facile de

vous rendre justice. Et vous n'avez ni droit ni raison de refuser le présent d'un homme conquis par la puissance de votre génie. Je suis un imaginatif et il fut un temps où je vous imaginais debout bien haut au-dessus de la vie. Votre visage est impassible comme celui d'un juge, et dans vos grands yeux tout se reflète, toute la terre et les rayons qui l'éclairent, et le soleil étincelant dans ses rayons, et les âmes des hommes. Puis je vis votre portrait, c'était une photo quelconque. Je la regardai longtemps et restai sans comprendre. Bon, suffit. Croyez-moi, je peux inventer, mais je ne sais pas mentir et jamais je ne flatte personne. Et si vous troublez si fortement mon âme, ce n'est pas ma faute, et pourquoi ne pas vous dire à vous-même tout ce que vous êtes pour moi ?

Alors, Anton Pavlovitch, ayez la bonté de m'envoyer votre portrait et un de vos livres, cela me fera du bien.

Je vous en prie !

Je vous serre la main bien fort. Je vous souhaite la santé ! La santé, du cœur à l'ouvrage et le désir de travailler davantage.

A. PECHKOV.

9

A. TCHEKHOV à M. GORKI.

Yalta, 18 janvier 1899.

Aujourd'hui, Alexis Maximovitch, je vous ai envoyé ma photographie. Elle a été prise par un amateur, un

homme sombre et taciturne. Je regarde un mur vivement éclairé par le soleil, et c'est pourquoi je cligne
des yeux. Pardonnez-moi, je n'ai pas de meilleure
photographie. Quant aux livres, il y a longtemps que
je m'apprête à vous les envoyer, mais une pensée me
retient : on va commencer cette année l'impression du
recueil complet de mes contes et il vaudra mieux que
je vous envoie cette édition corrigée et fortement aug-
mentée.

Quel tour me jouez-vous là ? Votre lettre au sujet
de *La Vie* et celle de Possé sont arrivées quand
j'avais déjà accepté que *Le Principe* publie mon nom.
M. I. Vodovozova est venue me voir, j'ai reçu une lettre
de Strouvé, et j'ai accepté sans hésiter un seul instant.

Je n'ai rien de prêt. Tout ce qui l'était est déjà distri-
bué, tout ce qui le sera, déjà promis. Je suis ukrainien,
et affreusement paresseux. Vous écrivez que je suis
sévère. Je ne suis pas sévère, mais paresseux – je passe
mon temps à me promener et à siffloter.

Envoyez-moi vous aussi votre portrait. Ce que vous
dites de la locomotive, des rails et du nez qui pique
dans la terre est très joli, mais point juste. On ne bute
pas dans le sol parce qu'on écrit ; on écrit parce qu'on
s'enfonce et qu'on ne peut plus aller nulle part.

Ne viendrez-vous pas en Crimée ? Si vous êtes malade
(on dit que vous avez un poumon atteint), nous vous soi-
gnerons ici.

Je vous serre la main bien fort. J'enverrai à Possé une
réponse détaillée au sujet de *La Vie*.

Votre A. Tchekhov.

Veressaiev a du talent, mais il est grossier et, semble-
t-il, à dessein. Il est grossier gratuitement, sans aucune

nécessité. Mais, bien sûr, il a beaucoup plus de talent et il est plus intéressant que Tchirikov.

10

M. GORKI à TCHEKHOV.

Nijni-Novgorod,
fin janvier ou début février 1899.

Merci de votre photo, Anton Pavlovitch. Voici la mienne avec adjonction de Maximok, mon fils, un philosophe de dix-huit mois. C'est la meilleure blague de ma vie. Est-ce que vous avez des blagues comme ça dans la vôtre ? Je le souhaite.

Merci encore pour votre promesse de m'envoyer vos livres ; surtout, je vous en prie, n'oubliez pas de le faire.

Vous avez eu une riche idée d'éditer un recueil complet de vos contes. C'est une bonne chose, parce que cela forcera la critique à s'expliquer avec le public et à modifier son jugement. Je suis plus lecteur qu'écrivain, et je sais que, bien qu'on vous lise comme on n'a, semble-t-il, encore lu personne – je parle du nombre des éditions – on vous comprend toujours aussi mal.

On a jeté un jour dans le public un mot définitif sur Tchekhov qui « écrit de sang-froid » ; toujours paresseux d'esprit, et incapable de fonder lui-même son jugement, il en a fait son credo – trop heureux qu'on lui soufflât comment vous lire. C'est pourquoi on lit vos contes sans assez d'attention ; et en rendant hommage à leur forme, on écoute mal leur cœur et leur voix.

S'il sort une édition complète, elle appellera une autre appréciation. Et moi, votre humble serviteur, je prendrai aussi la plume – j'écrirai comme fait Lemaître, je dirai mes impressions, je parlerai de votre langue, de l'art dont vous enveloppez chacun de vos contes, et de sa signification comme je la sens. Vous voulez bien ?

J'ai un poumon atteint, mais c'est une bagatelle, et l'on peut vivre à Nijni avec ça. Aller vous voir – ce serait bien bon, mais il y a une foule de circonstances qui ne me permettent pas de le faire.

Je cours à la poste.

Je vous souhaite une bonne santé.

Votre A. PECHKOV.

11

M. GORKI à TCHEKHOV.

Nijni-Novgorod, 22-25 avril 1899.

Christ est ressuscité !

Cher Anton Pavlovitch,

J'ai quitté Yalta, après quelques démêlés avec la police, et samedi à 6 h 40 j'étais à Moscou. J'avais perdu votre adresse, j'ai rencontré Korch à la gare, et j'ai oublié de la lui demander. Je me rappelais : Dmitrovka et c'est tout. J'ai traîné dans Moscou. J'ai été au Kremlin pour les matines, je suis allé aux Monts des Moineaux, et le soir je suis reparti pour Nijni. J'ai voyagé dans le même train que

Possé et un autre ami, je n'ai pas dormi de la nuit, j'étais
d'humeur détestable... Je descends à la gare de Nijni, et
je vois passer ma femme avec Possé et Joukovski. J'ai pris
une rage quand j'ai su que nous avions tous voyagé dans
la même voiture sans nous voir. Je n'espère pas que cette
lettre vous trouve. Mais je le dis tout de même : je suis
heureux de vous avoir rencontré, formidablement heureux ! Vous êtes, je crois, le premier homme libre que
j'aie vu, le premier qui ne révère rien. Il est bon que vous
sachiez faire de la littérature la première, la grande affaire
de cette vie. Mais moi, tout en sentant que c'est bien, je ne
suis pas fait sans doute pour vivre comme vous – je suis
tenu ailleurs par trop de sympathies et d'antipathies. J'en
suis fâché, mais je n'y peux rien.

Je vous supplie de ne pas m'oublier. Parlons sans
détour : je voudrais que de temps en temps vous m'indi-
quiez mes faiblesses, vous me donniez un conseil, en
somme que vous me traitiez comme un camarade qui a
besoin d'être formé.

Je voulais vous le dire avant de quitter Yalta, et vous
adresser cette prière, mais il m'est plus difficile de parler que d'écrire. Je vous l'ai dit pourtant par allusions et
peut-être m'avez-vous déjà compris là-bas.

Écrivez un drame, Anton Pavlovitch, sacrebleu ! C'est
ce que tout le monde attend. Précisément un drame, un
autre drame. À Moscou j'ai logé chez Timkovski. C'est
un homme cultivé et, semble-t-il, intelligent, d'humeur
sombre, qui aime à philosopher et à étudier la philosophie. En le regardant et en l'écoutant, j'ai regretté que
vous n'ayez pas lu son drame jusqu'au bout. J'aurais
aimé savoir ce que vous auriez dit de son « idée ».
Cependant Possé vous demande toujours de lui donner
quelque chose pour *La Vie*. En conscience, moi aussi je
le voudrais. Possé vous aime beaucoup et serait fier de

votre collaboration. Avez-vous lu le feuilleton que vous
a consacré Soloviov? Je n'aime pas du tout l'endroit où
il parle de vous, mais dans l'ensemble l'article est vivant
et même amusant. Mais cependant quand verrons-nous
paraître une véritable critique? En fin de compte, l'article
de Soloviov appuie et fortifie mon intention d'écrire
quelque chose sur vous, non que je sois capable de fonder
« la véritable critique », mais parce que je puis prendre
les choses plus profondément que lui.

    Au préalable, j'écrirai un conte correct et je vous le
dédierai. Vous voulez bien? Sinon dites-le. Au revoir!
Je vous adresse tous mes vœux. Vous ne feriez pas mal
de rentrer rapidement en Crimée, mais vous n'avez sûrement pas à Moscou aussi mauvais temps qu'ici.

    Je vous serre la main bien fort.

                                        Votre A. Pechkov.

                          12

              A. Tchekhov à M. Gorki.

                              Moscou, 25 avril 1899.

    On n'entend plus parler de vous, cher Alexis
Maximovitch. Où êtes-vous? Qu'est-ce que vous fabri-
quez? Quels sont vos projets?

    Il y a trois jours j'étais chez L. N. Tolstoï; il a fait de
vous grand éloge; il a dit que vous étiez un « écrivain
remarquable ». Il aime votre *Foire* et *Dans la steppe*,
mais il n'aime pas *Malva*. Il a dit : « On peut inventer

tout ce qu'on veut, mais on ne peut pas inventer la psychologie, et chez Gorki on rencontre précisément des inventions psychologiques, il décrit ce qu'il n'a pas senti. » Voilà pour vous. J'ai dit que quand vous seriez à Moscou, nous irions le voir ensemble.

Quand serez-vous à Moscou ? Mercredi on donne *La Mouette* en répétition privée. Si vous venez, je vous donnerai une place. Mon adresse : Moscou, rue Dmitrovka, maison Chechkov, appartement 14 (entrée par le passage des Goudronniers). Après le 1er mai je pars à la campagne (Lopasnia, gouvernement de Moscou).

De Pétersbourg, je reçois des lettres pénibles, quelque chose comme des lettres de repentir, et cela m'est pénible car je ne sais que répondre ni quelle attitude prendre. Oui, la vie quand elle n'est pas une invention psychologique est un jeu difficile...

Griffonnez deux ou trois lignes. Tolstoï m'a longuement questionné à votre sujet. Vous éveillez sa curiosité. Il est visiblement impressionné. Donc, bonne santé, je vous serre la main bien fort. Saluez de ma part votre Maximok.

Votre A. Tchekhov.

13

A. Tchekhov à M. Gorki.

Moscou, 25 mai 1899.

Votre lettre à l'adresse « Dmitrovka » est bien arrivée (pardonnez-moi ce pâté). Et je vous ai écrit ce matin.

Est-il donc possible que vous n'ayez pas trouvé mon
adresse à Moscou? Et moi qui vous attendais, et qui
aurais tant voulu vous voir!

Bonne santé et bonne chance. Je vous serre la main
bien fort.

Votre A. Tchekhov.

14

M. Gorki à A. Tchekhov.

Nijni-Novgorod, fin avril 1899.

Nous nous sommes écrit tous les deux en même
temps! Cette rencontre a quelque chose de merveilleux!
Et votre lettre ne l'est pas moins.

Savez-vous que je ne me figurais pas du tout que
Tolstoï me considérait de cette façon! Vous avez bien
fait de parler avec lui de Gorki et de le dire ensuite à
Gorki. Depuis longtemps j'avais envie de savoir quelle
opinion il avait de moi, et j'avais peur de l'apprendre;
maintenant, je sais et c'est comme si j'avais avalé une
goutte de miel. Dans la coupe de fiel que j'ai vidée, il
n'est tombé que deux gouttes de ce miel-là, la sienne et
la vôtre. Il ne m'en faut pas davantage. Je voudrais que
vous lisiez l'article que Volynski vous consacre dans
la dernière livraison du *Messager du Nord* (octobre-
novembre-décembre). Il m'a plu en dépit de l'enflure
habituelle du style. Il y a aussi Franko le Galicien,
qui parle de vous dans son journal – on dit que c'est

merveilleusement senti. On doit m'envoyer le journal ; si vous voulez je vous le ferai suivre.

Quant à aller à Moscou, je ne le pourrai pas. La police a appris que j'y ai passé la nuit, et elle en fait toute une histoire. Il n'en sortira sûrement rien du tout, car l'affaire dans laquelle j'ai été inculpé touche à sa fin. En mettant les choses au pire, ils m'enverront passer deux ans à Vologda ou à Viatka ; plus vraisemblablement, ils ne m'enverront nulle part. L'impossibilité d'arranger un voyage à Moscou d'ici mercredi m'irrite et me vexe ; c'est à pleurer de rage. Vous ne pouvez croire comme il est odieux de vivre sous la surveillance policière. Un policier arrive chez vous, s'installe, gêné lui aussi de son sale métier, et aussi mal à l'aise que vous. Il a le droit de poser les questions qu'il veut : qui est venu vous voir ? venant d'où ? allant où ? pour quoi faire ? Mais il ne demande rien car il est convaincu que vous lui mentirez et cette conviction qu'il a vous révolte et vous blesse. Mais assez là-dessus.

Je souffre à la seule pensée qu'à Moscou je serais allé voir *La Mouette* avec vous. Pour rien au monde je n'aurais voulu être assis au théâtre à côté de vous. Voici comment il faut que vous fassiez : envoyez promener tout le monde, restez seul et regardez – seul. Et écrivez-moi ensuite, mon cher Anton Pavlovitch, quelle impression vous a faite la pièce, écrivez-moi, je vous en prie ! Peu importe qu'elle soit de vous, écrivez si elle vous a plu à la scène et l'endroit que vous aimez le mieux. Je vous en supplie ! Et racontez comment elle a été jouée. Je ne sais pourquoi, il me semble que vous regarderez *La Mouette* comme vous verriez la pièce d'un autre – et elle vous prendra au cœur.

Et puis, Anton Pavlovitch, pourquoi ne viendriez-vous pas à Nijni ? C'est si beau maintenant ici, le fleuve

étale toute sa puissance. Venez ! J'ai un grand appartement, vous descendrez chez nous. Ma femme est une
petite personne simple et douce, qui vous aime follement, et quand je lui ai raconté que vous vivez seul,
cela lui a paru injuste et vexant, au point que les larmes
lui montaient aux yeux. Venez, nous vous accueillerons
comme l'enfant de la maison. Je vais me mettre à espérer. Et apportez-moi une montre – ce n'est pas correct
de vous le rappeler, mais tant pis ! Faites seulement graver votre prénom sur le boîtier, Pourquoi ? Pour rien,
une idée comme ça.

A. Pechkov.

15

M. Gorki à A. Tchekhov.

Je crois comprendre votre état d'esprit à la lecture des
lettres de Pétersbourg. Voyez-vous, le vieux me fait de
plus en plus pitié ; il a l'air d'avoir complètement perdu
la tête. Et pourtant il a le moyen d'effacer, mieux, de
racheter toutes ses fautes, volontaires et involontaires.
Ce serait facile avec le talent et la plume qu'il a ! Il
suffit d'être sincère, largement, à la russe, de toute la
force de l'âme ! Nous aimons tous à nous repentir, et
nous aimons écouter le repentir des autres ; il n'y a qu'à
crier : eh bien oui, j'ai tort ! J'ai tort, je me repens ! Mais
est-ce à vous de me juger ? Est-ce à vous de me couvrir
de boue ? C'est devant moi-même que je crie ma faute,
mais non devant vous, esclaves de votre sainteté ! Vous

êtes des âmes méprisables, de pauvres petits froussards, et si vous ne vous êtes pas trompés, c'est seulement que vous passez votre vie dans la peur, fût-ce de la possibilité d'une erreur. Quand vous avez conquis une petite place dans la vie, une misérable tribune, c'est pour y faire adorer vos vertus, et non pour y combattre et condamner le vice.

Voilà ce que j'aurais fait, bon Dieu! Je me serais déchiré le cœur sans pitié, mais j'aurais éclaboussé de mon sang les joues de bien des gens. Et j'y aurais allumé des taches ignominieuses, car je ne les aurais pas épargnés.

Il n'y a nulle part autant de brigands et de bandits repentis que chez nous – que le vieux ne l'oublie pas.

J'aurais voulu trouver les mots qu'il faut pour vous aider, et j'aurais payé cher pour pouvoir le faire, mais je n'en suis pas capable. Et que dire? Vous faites de lui plus de cas que tout le monde, peut-être même vous est-il cher. Cela vous fera de la peine sans aucun doute – mais dites-lui adieu! C'est peut-être cruel, mais si vous pouvez, abandonnez-le.

Laissez-le à lui-même – vous, vous devez vous préserver. De toute façon c'est un arbre pourri – en quoi pouvez-vous l'aider? Il n'y a qu'un mot charitable qui puisse aider des gens comme lui, mais si pour un mot gentil il faut se faire violence, il vaut mieux se taire. Dites-lui adieu, vous dis-je. Il me semble que je n'ai pas écrit ce que je pensais, ni comme il fallait. J'ai grande envie que tout cela finisse au plus vite, par amitié pour vous. Ici le public est révolté de la mort de l'étudiant Liven, qui s'est brûlé en prison. Je le connaissais et je connais sa vieille mère.

On l'a enterré avec pompe, on a fait de la cérémonie une manifestation. Une foule énorme a suivi le cercueil en chantant tout le long du chemin. Notre gros malin de gouverneur n'a rien empêché et tout s'est terminé parfaitement. L'indignation s'est déchargée dans le vide. Cependant, la mère veut se plaindre au tsar. Et on l'y aide.

Je vous serre fortement la main.

Peut-être viendrez-vous ?

A. PECHKOV.

J'ai commencé à lire les nouvelles de Bounine. Parfois il ne réussit pas mal du tout, mais avez-vous remarqué qu'il vous imite ? Son *Rêveur* est écrit, à mon avis, sous votre influence directe, mais cela ne donne rien. Ni vous ni Maupassant n'êtes à imiter. Mais ce Bounine a un sens délicat de la nature et de l'observation. Ses vers sont bons, naïfs, enfantins et ils doivent beaucoup plaire aux enfants.

16

M. GORKI à A. TCHEKHOV.

Nijni-Novgorod, 5 mai 1899.

J'ai reçu votre montre et je suis content, diablement content ! Merci, Anton Pavlovitch, de tout mon cœur. J'ai envie de courir par les rues en criant : savez-vous que Tchekhov m'a fait cadeau d'une montre ? Ma foi, je suis content, et je suis fier de pouvoir être content comme cela – ingénument, comme un enfant.

Moi aussi je veux vous faire un cadeau, mais quoi? Je trouverai. Dites-moi, êtes-vous chasseur? Je veux dire, aimez-vous la chasse au fusil? Répondez-moi, je vous prie.

Je vais bientôt vous envoyer un livre étrange et beau. Beau, parce qu'il est plein d'âme, d'une âme claire et profondément croyante; étrange, parce qu'il est l'œuvre d'un pope et qu'il est écrit comme n'écrivent généralement pas les popes. Il s'appelle *L'Évangile, fondement de la vie*; l'auteur, Grigori Spiridonovitch Petrov, est professeur de droit canon à l'école d'artillerie et chez différents grands-ducs. C'est un garçon jeune encore et tellement épatant! Quelle foi en l'homme, quelle pure foi enfantine! C'est le fils d'un cabaretier ou d'un buffetier; de son enfance il n'a entendu que des jurons et vu que des ivrognes. Et aujourd'hui c'est un pur et clair flambeau; n'est-ce pas beau? Dommage seulement que ce pope soit socialiste. Je voudrais tant que vous fassiez sa connaissance, il doit aller bientôt habiter la Crimée, où il a loué une villa près d'Alouchta. Puis-je lui dire de passer vous voir? Avec votre permission je lui écrirai. Il est en ce moment à Pétersbourg. Quand serez-vous à Yalta? Répondez-moi.

Une chose encore: dans le troisième numéro du *Principe* a paru la traduction d'un poème dramatique de Tor Hedberg, « Gerhardt Grimm ». Bon Dieu, ce que ces Suédois ont de talent! Si vous n'avez pas encore lu cela, lisez-le: c'est vraiment une belle chose!

Comme il est étrange que la littérature russe, pourtant si puissante, ignore le symbolisme, et cet effort pour traiter des problèmes essentiels, des problèmes de l'esprit. Il y a en Angleterre Shelley, Byron, Shakespeare – *La Tempête, Le Songe* –, en Allemagne, Goethe, Hauptmann; en France, Flaubert – *La Tentation de saint Antoine*; chez nous seul Dostoïevski a osé

écrire une partie des *Karamazov* « La légende du Grand
Inquisiteur » – et c'est tout. Serait-ce que nous sommes,
par nature, des réalistes ? Mais les Suédois sont plus réalistes que nous et pourtant ils ont Ibsen, et ce Hedberg.
Mais à y réfléchir sommes-nous bien des réalistes ?

Si, je vous assure, lisez Hedberg ! Et écrivez-moi
comment vous a plu votre *Mouette*. J'ai grande envie de le
savoir. Je vous écris à Lopasnia. Je ne sais où vous êtes.

Je vous serre la main bien fort. Merci de tout cœur.
Au revoir !

A. Pechkov.

17

A. Tchekhov à M. Gorki.

Lopasnia, 9 mai 1899.

Cher Alexis Maximovitch,

Je vous envoie une pièce de Strindberg, *Mademoiselle
Julie*. Lisez-la et renvoyez-la à sa propriétaire : Elena
Mikhailovna Just, Panteleimonoyskaia 13/15, Saint-
Pétersbourg.

J'ai aimé jadis la chasse au fusil, aujourd'hui elle me
laisse froid. J'ai vu *La Mouette* sans les décors ; je ne
peux juger froidement de la pièce parce que *La Mouette*
jouait horriblement, elle sanglotait tout le temps, et
Trigorine (l'homme de lettres) parcourait la scène en
parlant comme un paralytique ; c'est un homme sans
volonté et l'interprète comprenait son rôle de telle

façon que j'en étais écœuré. Mais dans l'ensemble ce n'est pas mal, ça m'a intéressé. Par endroits, je ne pouvais croire que c'était moi l'auteur.

Je serais très heureux de connaître le père Petrov. J'ai déjà lu quelque chose à son sujet. S'il est à Alouchta au début de juillet, il ne sera pas difficile d'arranger une rencontre. Je n'ai pas vu ses livres.

Je suis chez moi à Melikhovo. Il fait chaud, les freux crient, les paysans viennent me voir. Jusqu'ici je ne m'ennuie pas. J'ai acheté pour moi une montre en or, mais ordinaire.

Quand viendrez-vous à Lopasnia?

Eh bien, bonne santé, bonne chance, bonne humeur! Ne m'oubliez pas, écrivez ne fût-ce que de loin en loin.

Si vous avez l'intention d'écrire une pièce, écrivez-la, et puis envoyez-la-moi à lire. Écrivez-la et gardez le secret jusqu'à ce qu'elle soit finie, sans quoi on vous désarçonnera, on brisera votre élan.

Je vous serre la main bien fort.

Votre A. TCHEKHOV.

18

M. GORKI à A. TCHEKHOV.

Nijni-Novgorod, mai 1899.

J'ai lu le drame de Strindberg et l'ai renvoyé à Mme Just. Merci de prendre soin de ma pauvre tête! C'est fort bien à vous de vous en charger.

Votre Suédois a de l'audace ! Jamais je n'ai vu si vivement exprimer ce qu'il y a chez les serfs de vanité aristocratique. Dans la technique de la pièce j'aperçois des faiblesses : ce que racontent Julia et les laquais de leurs familles pourrait être supprimé ; mais c'est très peu de chose. C'est le fond même du drame qui me frappe d'étonnement. Quelle puissance chez l'auteur ! J'en ai conçu de l'envie et de l'admiration pour lui, pour moi-même de la pitié, et bien des pensées attristantes sur notre littérature.

Je vous admire ! Que trouvez-vous de commun entre Strindberg et moi ? Ce Suédois descend directement de ces Normands qui au cours de l'histoire se sont montrés partout les créateurs de quelque chose de fort, de beau, d'original. À l'ignoble époque des Croisades, ils ont su fonder en Sicile un État véritablement chevaleresque, qui fut dans les ténèbres de l'époque un foyer d'humanité, de noblesse d'âme, ce qu'il y eut assurément de meilleur en ce temps-là. Strindberg c'est Ragnar Culotte-de-peau, qui au bon vieux temps aimait tant à servir « la messe sur des lances » aux Pictes et aux Scots. C'est un grand homme, il a le cœur intrépide, la tête claire, il ne dissimule pas sa haine, il ne cache pas son amour. Et il empêchera de dormir, je pense, les Scots d'aujourd'hui. Cet homme a l'âme grande. Que pouvons-nous avoir de commun, lui et moi ? Je ne parle pas pour me rabaisser, mais le cœur plein de chagrin : pensez-vous que je ne souhaite pas être moi-même plutôt que d'avoir dans l'âme comme des valvules qui retiennent mes pensées les plus hardies ?

Nietzsche a dit quelque part que « les écrivains sont toujours les laquais de quelque morale ». Strindberg n'est pas un laquais. Moi, je suis un laquais, je sers une maîtresse en laquelle je ne crois pas, que je n'estime pas. Si seulement je la connaissais! Peut-être même pas. Voyez où j'en suis! Je suis abattu et découragé, Anton Pavlovitch. Et puisque vous non plus n'avez pas la vie gaie, ne parlons plus de ces poids qui tiennent mon âme enchaînée.

Le 30 avril on a donné à Tiflis *Oncle Vania*. Un ami m'a écrit ses impressions. On l'a donné deux fois de suite et il y était les deux fois. Je regrette de ne pouvoir vous envoyer sa lettre, mais ce que je puis dire c'est qu'il a dû être formidablement ému. Je vous joins un extrait du *Caucase* qu'il m'envoie en le couvrant d'injures. Voilà un critique qui ne creuse guère et qui comprend bien mal. Peut-être cela vous intéresse-t-il tout de même?

Anton Pavlovitch, lisez Hedberg dans *Le Principe*. Je vous assure que vous y prendrez plaisir.

Dommage que vous ayez vu *La Mouette* avec une mauvaise interprétation : j'aurais bien voulu la voir, même mal jouée. Écrivez-moi combien de temps vous restez à Lopasnia et quand vous rentrez en Crimée. Je dirai à mon pope d'aller vous voir. Et je vous enverrai son livre. Il m'invite en Crimée. Je n'irai pas. Je n'irai nulle part, je passerai tout l'été à Nijni. Ma femme est en bateau sur la Volga avec le petit; quand elle reviendra, elle repartira sur la Kama jusqu'à Perm. Je vais vivre seul et travailler. « La solitude est le commencement de la sagesse », dit un héros de Hedberg. Et un autre ajoute : « Et de la folie. » Je tiens pour le premier. Je voudrais être tout à fait seul, aussi seul que vous. La famille, c'est bien, mais vous faites encore mieux de vous en passer, jusqu'ici.

Ne peut-on demander à la traductrice de donner *La Princesse* à *La Vie*? Je voudrais bien la voir imprimée précisément dans cette revue.

« C'est une consolation que les autres ne vaillent pas mieux que nous », dit Jean. Oh l'ignoble serf! Comme il définit bien la bassesse de son âme!

Je me demande encore une fois, et je vous demande, pourquoi n'avons-nous ni Strindberg, ni Hedberg, ni Ibsen, ni Hauptmann?

Pourquoi? Serait-ce, comme le disent certains, que l'instruction, l'école secondaire, tue l'individualité, ôte à l'homme son visage, lui mange l'âme?

Mais je vous assomme avec mes longues lettres.

Au revoir! Je vous souhaite toute sorte de bien, de la bonne humeur, et du goût au travail.

Je vous serre la main bien fort.

A. Pechkov.

19

M. Gorki à A. Tchekhov.

Nijni-Novgorod, juin 1899.

Merci, docteur Tchekhov! Votre carte est épatante! Comment allez-vous? Rentrez-vous bientôt à Yalta, où il doit faire une chaleur d'enfer? Si vous n'aimez pas la chaleur, venez ici, hier il est même tombé un peu de neige. Il faut croire que nous irons bientôt en traîneau.

Vous n'imaginez pas à quel point le printemps est abo-
minable ici, à croire que notre nature nijégorodienne a
perdu la tête ou s'est enivrée.

Timkovski est venu, il ne bouge pas et trousse un
drame. Il travaille très fort, minutieux en tout comme un
Allemand. Il aime deviser de philosophie, il est curieux
comme peut l'être un homme d'un tel poids, encore que
petit. Comme homme tout court, il est assommant. Et
pourquoi faut-il que les hommes philosophent tant et
vivent si peu, si mal, si gauchement?

Je suis d'humeur détestable, terriblement fatigué
et en général il y a quelque chose qui ne va pas. Mon
Thomas devient une espèce de crocodile. Je l'ai même
vu en rêve l'autre jour : couché dans la boue, claquant
des dents et criant furieusement : « Qu'est-ce que tu
fais de moi, démon? » Ce que je fais? Je lui casserai
la gueule.

Je vous serre la main. Merci de votre souvenir.

Votre A. PECHKOV.

20

A. TCHEKHOV à M. GORKI.

Moscou, 22 juin 1899.

Pourquoi toujours déprimé, très cher Alexis
Maximovitch? Pourquoi vous en prendre avec cette
fureur à votre *Thomas Gordeiev*? J'y vois entre autres,
avec votre permission, deux raisons. Vos débuts ont été

un succès, ils ont fait du bruit, et maintenant tout ce qui se présente à vous d'ordinaire, de commun ne vous donne pas satisfaction et vous ennuie. Et d'un ! En second lieu, un homme de lettres ne saurait impunément passer sa vie en province. Vous avez beau dire, vous êtes mordu, intoxiqué sans espoir de guérison. Homme de lettres vous êtes, homme de lettres vous resterez. Et la condition naturelle de l'homme de lettres, c'est de se tenir toujours à proximité des sphères littéraires, de vivre à côté de ceux qui écrivent, de respirer l'air littéraire. Ne résistez donc pas à la nature, soumettez-vous, une fois pour toutes, et transportez-vous à Pétersbourg ou à Moscou. Vous vous chamaillerez avec les gens de lettres, vous les renierez, vous en mépriserez la moitié, mais vous vivrez parmi eux.

J'ai été à Pétersbourg. J'ai pensé y geler. J'ai vu Mirov. En ce moment, je relis les épreuves pour Marx. Pour vous le prouver je vous envoie deux contes.

Mon adresse : Moscou, Dmitrovka, maison Chechkov. Je suis ici jusqu'au 5-10 juillet, puis je partirai pour Yalta où je me fais construire un château. Je voulais vous écrire une grande lettre à propos du livre de Petrov. Mais je n'en ai pas eu le temps. Le livre m'a plu.

Si vous vous trouvez par hasard à Moscou, faites un détour jusque chez moi, rue Dmitrovka.

Portez-vous bien, je vous serre la main bien fort, en vous souhaitant toute sorte de prospérité. Ne vous laissez pas abattre.

Votre A. TCHEKHOV.

21

M. GORKI à A. TCHEKHOV.

Nijni-Novgorod, fin juin 1899.

Et moi qui étais convaincu que vous preniez des bains de mer ! Ce n'est pas fameux, avec des poumons comme les vôtres, de rester enfermé dans ce Moscou croupissant, quand on peut se promener au bord de la mer. Moi aussi je reste en ville, mais malgré moi, car la police ne me laisse pas partir à la campagne auprès de ma famille, malgré toutes mes démarches dans les sphères intéressées. On repeint mon appartement, je suis expulsé sur le perron et c'est là que je vis. Il fait chaud et j'étouffe ! Le soir je bois avec les peintres et je chante avec eux. Les gens de Kostroma chantent agréablement, et leurs chansons chassent de mon cœur des larmes abondantes et, avec elles, le cafard.

L'explication que vous donnez de mon impuissance intellectuelle est mathématiquement exacte. Qu'un flic de quartier soit promu d'un coup commissaire, il sera mal à l'aise. Il voudra prendre des décisions conformément à son nouveau grade, inattendu et peut-être immérité, mais ses talents ne se seront pas élevés au niveau d'une charge de commissaire. Pitié pour le malheureux !

Aller vivre à Saint-Pétersbourg – non. Il y fait du soleil trois fois par an, les femmes n'y lisent que des bouquins d'économie et ont perdu toute apparence féminine : sans soleil et sans femmes un peu vivantes la vie n'est pas possible. Mais au printemps prochain, je me mettrai en route à pied à travers la Russie, cela me rafraîchira d'un coup. Je suis heureux que les livres du pope vous aient plu. Je serais encore plus heureux si, quand vous le rencontrerez, lui-même vous plaisait, mais je n'en doute pas. Il vaut infiniment mieux que ses livres. Vous savez, c'est un tel plaisir, une telle joie de rencontrer un croyant sincère. Ils sont rares les hommes qui portent dans leur âme un dieu vivant. Le pope est de ceux-là. Un brave petit pope à l'âme claire !

Il est en Crimée à deux verstes d'Alouchta, j'ai oublié chez qui. Je lui écrirai que vous serez aussi là-bas au début de juillet. J'ai grande envie, ma foi, que vous vous rencontriez et que vous vous plaisiez tous les deux.

Maria Vodovozova était chez moi hier. Une femme odieuse. Elle m'a dit entre autres que Srédine ne tarderait pas à mourir. Elle a loué Altschuler et, comme une chatte, elle a dénigré tous les gens de Yalta. Elle enseigne le marxisme aux potaches ! Non, tout cela n'est pas beau ; et comme elle fait pitié, avec toute sa science de l'économie ! Je n'ai pas encore lu vos contes. Merci de votre lettre. C'est une chance de vous avoir connu. Je vous serre la main bien fort.

Dépêchez-vous donc de quitter Moscou !

Et vos livres ? Est-ce qu'ils sortiront bientôt ? En édition séparée ou bien, comme Tourguéniev et les autres, en supplément à *La Glèbe* ?

Adieu !

A. PECHKOV.

22

A. TCHEKHOV à M. GORKI.

Moscou, 27 juin 1899.

Quand je vous ai dit que vous aviez débuté par un bruyant succès, je n'avais aucune malice derrière la tête : ce n'était ni reproche ni coup d'épingle. Je ne faisais allusion aux mérites de personne, je voulais simplement dire que vous étiez entré dans la littérature sans passer par les bancs de l'école, que vous aviez commencé tout droit par l'Académie et que maintenant vous aviez peine à dire la messe sans les orgues. Je voulais dire : attendez un an ou deux, votre impatience tombera, et vous verrez que votre *Thomas Gordeiev* n'y est décidément pour rien.

Vous allez courir la Russie à pied ? Bon voyage et bon vent, encore que, à mon sens, tant que vous êtes jeune et solide, vous feriez mieux pendant deux ou trois ans de voyager, non pas à pied ou en troisième classe, mais pour observer d'un peu près le public qui vous lit. Ensuite, au bout de deux ou trois ans, vous pourrez partir à pied.

Je vous entends : bon sang, quel sermon ! Oui, en réponse au vôtre, qui me reprochez de ne pas vivre à Yalta et de moisir à Moscou. En fait, Moscou est détestable. Mais je ne puis m'en aller maintenant, j'ai différentes affaires à régler, que je ne voudrais confier à personne. Je partirai pour Yalta sans doute vers le 15 juillet. Je vais rester dans ma rue Dmitrovka, j'irai me promener sur le boulevard de Tver, bavarder avec les filles perdues et dîner au Restaurant international.

Ne viendrez-vous pas en septembre à Koutchoukoï?

Je vous serre la main bien fort et vous envoie toutes mes amitiés.

Votre A. Tchekhov.

23

M. Gorki à A. Tchekhov.

Nijni-Novgorod, début de juillet 1899.

Vous m'avez mal compris. Vous soupçonner de malignité! Je ne le pouvais pas, et je ne l'ai pas fait. Je ne pense pas que vous, vous sachiez être malin, et pour moi, je ne sais pas soupçonner. Je ne sais pas davantage flatter. Je vous aime, je vous aime fort, ardemment. Je vous aimais avant de vous connaître et, quand je vous ai connu, je vous ai aimé davantage. Chaque mot de vous m'est cher et votre attitude envers moi me remplit de fierté, convaincu que je suis qu'elle est ma plus grande louange et le plus précieux présent du destin. Voilà le vrai et vous me soupçonnez de malignité à votre endroit! N'y pensez plus!

Je ne suis pas content de moi parce que je sais que je pourrais écrire mieux. *Thomas* de toute façon est une ânerie. Cela me vexe.

J'irai vous voir à Koutchouk, si la surveillance policière prend fin à l'automne. Je suis à Vassilsoursk, dans le gouvernement de Nijni. Si vous saviez comme ce pays est merveilleux ! D'une grande beauté, large, libre, l'air est léger, le temps reste frais. Venez y faire un petit tour. Il y a encore beaucoup d'eau dans la Volga et vous feriez un beau voyage. Nous avons beaucoup de place. Vous auriez une chambre à l'écart, ni enfants ni chiens, le silence et la paix.

Timkovski est à la maison. Il n'est guère facile à vivre : c'est un grand pessimiste et un maniaque. Je ne sais pourquoi les pessimistes en général aiment tant se soigner et se dorloter et sont dans cette occupation parfaitement désagréables. Dans quelques jours arrivera Mirolioubov. Puis Possé. Et si vous veniez, ce serait encore mieux.

Pardonnez-moi : je vous ai adressé à Moscou une certaine Klavdia Gross, une fille « perdue ». Je ne savais pas encore que vous arpentiez le boulevard de Tver et que vous bavardiez avec les filles perdues. Celle-là est un sujet fort intéressant, et je pense que je n'ai pas mal fait de vous l'envoyer. Elle vous apportera l'histoire de sa vie écrite par elle. Elle est distinguée, parle plusieurs langues ; en somme c'est une fille très bien, toute prostituée qu'elle est. Je pense qu'elle vous sera plus utile qu'à moi.

En attendant je vous serre la main bien fort.

Bonne chance !

Quittez Moscou bien vite !

A. Pechkov.

24

M. GORKI à A. TCHEKHOV.

Cher Anton Pavlovitch,

La Vie a appris je ne sais d'où que vous écriviez un roman et elle vous demande de le lui donner. Moi aussi je vous le demande, je vous le demande instamment ! Si vous ne l'avez encore promis à personne, je vous en prie, donnez-le à *La Vie*. Ça, ce serait une affaire ! Vous donneriez là un rude coup d'épaule à la revue. Financièrement *La Vie* n'est pas gênée. Je crois nécessaire de le dire. Et si vous n'avez rien contre la revue, je vous en prie, télégraphiez votre accord. Entendu ?

Je suis rentré de Vassilsoursk à Nijni, où je m'occupe d'étudier les cabarets de la foire. Je tousse. J'ai vu il y a quelques jours Guiliarovski : ça c'est un type ! Il m'a plu malgré toute sa vantardise criarde. J'ai vu Korolenko hier : Pétersbourg l'a gâté. J'irai vous voir à Yalta fin septembre, pour peu de temps.

Je vous en prie fort, Anton Pavlovitch, répondez « oui » à *La Vie*. Et je vous en prie aussi, lisez *Thomas*. Je viendrai vous questionner à son sujet, vous voulez bien ?

Timkovski a passé tout l'été avec moi. Vous savez, tout ce que vous m'avez dit de lui est juste. Je déteste Timkovski, je le plains beaucoup, et je me demande comment Srédine et Iartsev, qui sont des hommes assez fins, ont pu trouver une âme vivante dans un homme complètement nourri d'égoïsme aigri !

Comment va votre santé ?

Je vous serre la main bien fort.
J'attends votre réponse touchant *La Vie*.

Votre A. PECHKOV.

25

A. TCHEKHOV à M. GORKI.

Moscou, 24 août 1899.

Cher Alexis Maximovitch,

Les bruits selon lesquels j'écris un roman reposent évidemment sur un mirage car je n'en ai même pas en projet. Je n'écris presque rien, ma seule occupation est d'attendre le moment où enfin je pourrai m'asseoir à ma table de travail. Je viens d'aller à Yalta, je suis revenu à Moscou pour assister aux répétitions de ma pièce, mais j'ai été souffrant et me voici obligé de repartir pour Yalta. Je pars demain. Y resterai-je longtemps ? écrirai-je quelque chose ? je n'en sais rien. Il me faudra commencer par bivouaquer car ma maison n'est pas encore prête.

Presque en même temps que la vôtre est arrivée une lettre de *La Vie* sur le même sujet. J'y répondrai aujourd'hui.

J'ai parcouru votre *Thomas Gordeiev* par bribes, en le feuilletant, une page par-ci, une page par-là. Je le lirai en entier quand il sera fini ; mais pour le lire par livraisons, mois après mois, je n'en suis décidément pas capable. Je n'ai pas lu non plus *Résurrection*, et pour la même raison.

J'ai égaré ma *Vie* ; si *Thomas* ne paraît pas cette année en volume, j'emprunterai celle de Volkova.

Guiliarovski m'est tombé dessus en trombe et m'a déclaré qu'il avait fait votre connaissance. Je l'en ai vivement félicité. Il y a presque vingt ans que je le connais, nous avons débuté ensemble dans la carrière à Moscou, et je l'ai étudié tout mon soûl... Il y a en lui quelque chose de Nozdrev, quelque chose d'agité, de bruyant, mais c'est un homme simple, un cœur pur, et cet élément de traîtrise, si essentiel à MM. les journalistes, lui est tout à fait étranger. Il n'arrête pas de raconter des anecdotes, il porte une montre ornée d'une vue obscène, et quand il est en forme, il montre des tours de cartes.

L'oisiveté me tue, j'enrage. Quand viendrez-vous à Yalta ? Vers quelle date ? Je serai très très content de vous voir et de bavarder avec vous des affaires en cours. Apportez votre photo et vos livres.

Allons, portez-vous bien et que Dieu vous garde. Écrivez-moi à Yalta. Je vous serre la main.

Votre A. Tchekhov.

26

A. Tchekhov à M. Gorki.

Yalta, 29 août 1899.

Cher Alexis Maximovitch,

Me voici déjà à Yalta, chez moi. Sinani vous le demande instamment, et moi je vous en prie, apportez-lui vos livres ; ils sont très demandés à Yalta, j'en suis témoin.

Le temps est chaud ici.

Nous vous attendons, je vous invite à venir manger le gâteau le premier dimanche, et en semaine à dîner.

Au revoir.

Votre A. Tchekhov.

27

M. Gorki à A. Tchekhov.

Nijni-Novgorod, fin août 1899.

Cher Anton Pavlovitch,

Je viens de lire dans *La Vie* l'article que vous consacre Soloviov. Je n'en suis pas content, bien qu'il dise son fait à Mikhaïlovski. Ce qu'il dit d'*Oncle Vania* n'est pas mal, mais ce n'est toujours pas ce qu'il faudrait. Par contre il a tort quand il parle de votre chance. D'une façon générale il est superficiel.

Anton Pavlovitch, permettez-moi de vous dédier mon *Thomas* dans l'édition en volume. Si cela doit vous faire plaisir, accordez-le-moi, je vous en prie. Sinon il n'en sera rien, mais il faut me le dire. Je suis sans vanité et votre refus ne me blessera point. Répondez vite, je vous en supplie. À parler franc, c'est un livre manqué. Sur un point il n'a pas donné ce que je voulais : Thomas m'a servi à couvrir Maiakine et la censure ne l'a pas touché. Mais *Thomas* lui-même est terne. Et il y a beaucoup de longueurs dans ce récit. Visiblement je ne retrouverai plus la beauté harmonieuse de *La Vieille Izerguil*.

Guiliarovski m'a envoyé une plaquette de vers : j'ai
été surpris de la trouver si mince. Les vers ne valent pas
l'auteur. Il m'écrit des lettres si épatantes, l'animal ! À
Moscou j'irai le voir et nous boirons ensemble jusqu'à
rouler sous la table. Je veux me trouver à Moscou pour
voir *La Mouette* ou *Oncle Vania*. J'ai écrit à Guiliarovski,
qui doit être au courant de tout, de m'arranger tout cela ;
il me préviendra quand on donnera l'une ou l'autre pièce
et me retiendra une place.

J'irai à Pétersbourg en septembre. J'y mènerai ma
belle-mère à la clinique et un gamin à Stiglitz. Pour moi
je tousse solidement. J'ai terminé *Thomas* et je suis bien
content.

Si vous voyez Sredine ou Iartsev, saluez-les de ma
part. Ou plutôt, insultez-les. Qu'est-ce qu'ils ont à faire
les morts ? Je pense arriver à Yalta fin septembre si ma
toux n'augmente pas, et si on ne me chasse pas plus tôt.
Dans le fond de mon cœur, je compte sur ma toux car
je n'ai pas envie d'aller à Pétersbourg. Vous avez beau
louer la grande ville, je n'en pense que du mal. Le ciel y
est hydropique, les habitants vaniteux et les hommes de
lettres l'un et l'autre à la fois. Combien sont-ils là-bas ?
Une cinquantaine de mille, je pense. Tous les autres sont
ministres ou Finlandais. Toutes les femmes sont méde-
cins ou étudiantes, de toutes façons des intellectuelles.
Quand une femme de Pétersbourg s'est fait piquer par
un moustique, la pauvre bête meurt à l'instant d'ennui.
Tout cela me fait peur.

Cependant j'ai grande envie de vous voir. Et puis, il
y a une chose dont il faut que je vous parle. De toutes
façons, je dois aller à Yalta. Ici, depuis le 20 juillet, c'est
l'automne, il pleut, il vente, boue et froid. C'est mor-
tel ! Ces jours derniers, je me suis distrait en allant voir
une jolie personne. Elle est dentiste. Elle m'a arraché les

dents et je lui ai baisé les mains. Il faut une adresse formidable pour baiser les mains d'une dentiste. Essayez
donc ! Mais cela coûte cher : elle vous arrache les dents,
et fait encore payer le baiser. J'y ai laissé trois dents,
c'est tout ce que je peux faire.

   Au revoir.

   Comment allez-vous ? Répondez-vite.

A. PECHKOV.

28

A. TCHEKHOV à M. GORKI.

Yalta, 3 septembre 1899.

Cher Alexis Maximovitch,

   Encore une fois salut ! Je réponds à votre lettre.

   Et d'abord je suis en général hostile à toute dédicace
à des vivants. Je l'ai fait jadis et je sens aujourd'hui que
je n'aurais peut-être pas dû le faire. Ceci en général.
Dans le cas de *Thomas Gordeiev* la dédicace à mon nom
ne me fera que plaisir et honneur. Mais en quoi l'ai-je
mérité ? C'est à vous d'en juger. Je n'ai qu'à m'incliner
et remercier. Rédigez autant que possible la dédicace
sans littérature inutile ; je veux dire, écrivez seulement
« À… » et c'est tout. Il n'y a que Volynski pour aimer
les longues dédicaces. Voici encore un conseil pratique
si vous le voulez bien : tirez davantage, pas moins de

cinq ou six mille. Cela se vendra comme des petits pains. Vous pouvez imprimer la deuxième édition en même temps que la première. Encore un conseil : en relisant les épreuves, supprimez, là où c'est possible, les adjectifs et les adverbes. Il y en a tant chez vous que l'attention s'y perd et le lecteur se lasse. On comprend lorsque j'écris : « L'homme s'assit sur l'herbe » ; on comprend parce que c'est clair et que cela ne retient pas l'attention. Au contraire, je deviens obscur et fatigant si j'écris : « Grand, la poitrine étroite, un homme de taille moyenne, à la barbe rousse, s'assit sur l'herbe verte, déjà foulée par les passants, il s'assit sans bruit, jetant autour de lui des regards timides et craintifs... » Cela ne s'inscrit pas d'un coup dans le cerveau, et la littérature doit s'y graver d'un seul coup, à la seconde. Une chose encore : vous êtes par nature un lyrique, le timbre de votre âme est tendre. Si vous étiez compositeur, vous éviteriez d'écrire des marches. Jurons, vacarme, injures, cela n'est pas dans le caractère de votre talent. Aussi comprendrez-vous que je vous conseille de ne pas épargner dans vos corrections les « fils de putain », « salope » et autres qui émaillent de-ci de-là les pages de *La Vie*.

Vous attendre fin septembre ? Pourquoi si tard ? L'hiver commence tôt cette année, l'automne sera court, il faut se hâter. Allons, portez-vous bien, gardez-vous en bonne santé.

Votre A. Tchekhov.

Au Théâtre artistique la saison commencera le 30 septembre.

On donnera *Oncle Vania* le 14 octobre. Votre meilleur conte est *Dans la steppe*.

29

M. Gorki à A. Tchekhov.

Nijni-Novgorod, septembre 1899.

J'avais commencé hier mes préparatifs de départ pour Yalta, quand sont apparus tout à coup des gens de derrière l'Oural et je reste ici un temps indéterminé. Je ne peux pas dire que j'en sois content.

Merci de vos conseils, Anton Pavlovitch, je les apprécie fort et je ne manquerai pas de m'en servir. Vous êtes rudement chic avec moi. Quand nous nous verrons, je vous le dirai et redirai – je ne sais pas comment, mais de toute mon âme. Merci !

Je ne vous ai pas écrit parce que j'étais occupé de différentes affaires ; j'ai passé mon temps dans une colère noire comme une vieille sorcière. L'humeur est sombre. Le dos me fait mal, la poitrine aussi et la tête se met de la partie.

Après le 25 il faut que j'aille à Pétersbourg et à Smolensk. C'est un autre supplice. Je dois écrire quelque chose pour Mirolioubov et je ne suis bon à rien. Il me fait peur, il me donne des cauchemars. Je le vois là tout grand, sa tête touche aux nuages tandis que là-haut rugit une basse accusatrice :

« ... Asservi à une grande revue... *Pour tous*... Ah ! là, là » – c'est horrible.

Sous le coup du malheur et de la mauvaise humeur je me suis mis à boire et même à écrire des vers. Je crois bien que le métier d'écrivain n'est pas tellement rose. On est surtout embêté par les dames qui viennent vous peloter de toutes les façons : « Êtes-vous féministe ? »,

« Croyez-vous à l'existence d'une puissance suprême ? »,
« Pourquoi buvez-vous du cognac ? »

Que leur dire ? Elles m'assomment.

De Pétersbourg je vous ferai signe. Je serai donc chez
vous au début d'octobre.

Votre A. Pechkov.

30

M. Gorki à A. Tchekhov.

Saint-Pétersbourg, octobre 1899.

Cher Anton Pavlovitch,

Pétersbourg est une ville odieuse. Il doit être terriblement facile d'y devenir misanthrope. Un sale endroit.

Voilà déjà bientôt trois semaines que j'y suis. Je suis
abruti, et je n'ai pas décoléré, bien qu'on m'ait accueilli
de façon terriblement flatteuse. Terriblement, c'est le
mot. Bien entendu, j'ai accumulé les incongruités et
les extravagances. Par exemple, à un dîner, en présence
de soixante Russes célèbres occupés depuis le berceau
au salut de l'Empire, j'ai dit, en réponse à un compli-
ment : « Je sais ce que je vaux : au pays des aveugles
les borgnes sont rois. » Cela n'a plu à personne et moi-
même n'en suis pas très content. À agir dans cet esprit-
là, j'ai réussi à me gagner la très agréable antipathie
de diverses personnes. J'ai vu une foule incalculable de
gens. Et tous illustres. Ensuite de quoi je me suis senti
terriblement écœuré, et je me repens fort d'être venu ici.

À vrai dire, cela fait encore une illusion de moins. Les gens d'ici me font peine tant ils sont malheureux, solitaires et gâtés par l'envie. Une pitié !

D'ici j'irai à Samara, de Samara à Smolensk, puis chez vous. Je ne sais d'ailleurs pas quand j'irai vous voir car ma femme a pris mal aux yeux et je la mènerai peut-être à Adamiouk, à Kazan.

Cher Anton Pavlovitch, donnez un conte à *La Vie* ! Je vous le demande instamment. Donnez ce que vous avez. Soutenez cette revue, qui n'est pas mauvaise, je vous l'assure. Elle a plus que d'autres besoin de votre collaboration.

Sur ce, je vous salue et vous souhaite bonne santé et belle humeur. Retournez-moi mon dernier vœu !

Je vous serre la main bien fort.

Votre ami sincère et dévoué.

A. PECHKOV.

31

A. TCHEKHOV à M. GORKI.

Yalta, 25 novembre 1899.

Bonjour, cher Alexis Maximovitch, et merci, grand merci de votre livre. J'ai déjà lu quelques contes, il m'en reste à lire quelques-uns – quel plaisir dans l'ennui de ma vie provinciale ! Quand paraîtra *Thomas Gordeiev* ? Je ne l'ai lu que par bribes et je voudrais le lire en entier, en deux ou trois coups.

Eh bien donc, j'écris une nouvelle pour *La Vie*, pour le numéro de janvier. J'ai reçu une lettre de Dorovatovski qui me demande de lui envoyer mon portrait pour son livre. Il n'y a pas d'autres nouvelles littéraires.

Votre volume de contes est bien édité. Je vous ai attendu jour après jour, mais j'ai fini par me décourager. À Yalta il neige, il fait humide, et il y a du vent, mais les vieux indigènes assurent qu'il y aura encore de beaux jours.

Le spectacle des tuberculeux pauvres m'accable. Si j'étais gouverneur, je les expulserais par mesure administrative tant ils troublent ma tranquillité douillette et rassasiée.

Je souffre de voir leur visage quand ils demandent, et leurs pauvres couvertures quand ils meurent. Nous avons décidé de construire un sanatorium, j'ai rédigé un appel; car je ne trouve pas d'autre moyen. Si vous le pouvez, diffusez-le parmi les journaux de Nijni et de Samara où vous avez des amitiés et des relations. Peut-être enverront-ils quelque chose. Il y a trois jours, dans le pavillon des « chroniques », seul, abandonné, est mort ici le poète de « Distraction » Epifanov, qui deux jours avant de mourir, m'a demandé du sucre de pommes et, quand je le lui ai apporté, s'est animé tout à coup en sifflant du fond de sa gorge malade, joyeusement : « Mais c'est lui! C'est lui! » comme s'il avait aperçu un compatriote.

Il y a longtemps que vous ne m'avez pas écrit. Qu'est-ce que cela veut dire? Cela ne me plaît guère que vous soyez resté si longtemps à Pétersbourg; on a vite fait d'y tomber malade.

Allons, je vous souhaite joie et gaîté et que Dieu vous garde. Je vous serre la main bien fort.

Votre A. Tchekhov.

32

M. GORKI à A. TCHEKHOV.

Nijni-Novgorod, fin novembre 1899.

Cher et vénéré Anton Pavlovitch,

Je ne vous ai pas écrit pour une raison bien simple : il m'est tombé sur le dos, comme la misère sur le pauvre monde, une cascade d'ennuis de tous calibres, et j'en ai conçu une humeur méchante et insociable. J'avais envie d'insulter tout le monde, ce que j'ai fait avec un certain succès. Ce voyage à Pétersbourg, c'est comme une crise d'épilepsie ou un cauchemar – c'est en tout cas un choc si rude, si pénible, si consternant et si affligeant, et si ridicule, que je n'arrive pas encore à digérer convenablement tout ce que j'ai absorbé là-bas. Le lendemain de mon retour, j'ai dû aller avec ma femme à Samara et passer trois jours en route, m'attendant à ne plus trouver à mon arrivée, de la personne que j'allais voir et que j'aime fort, qu'un cadavre et un cercueil. Heureusement il n'en fut rien, quoique cela puisse être pour demain. Je rentre à Nijni – ma belle-sœur tombe malade et meurt au bout de trois jours. C'est une vraie tragédie, avec le caractère des miens. Cependant, tandis que je faisais les démarches pour l'enterrement, à Moscou, dans la clinique de Bobrov, on opérait au côté droit un camarade qui m'est très cher, et je tremblais pour lui. Tout cela ne s'était pas encore arrangé qu'hier éclatait chez moi le mélodrame le plus saugrenu. Nous avions à la maison une fille que j'avais « sauvée » et dont j'ai publié l'autobiographie dans *Le Courrier du Nord* des 13-15 novembre dernier.

Tout allait bien. Elle s'occupait du bébé de ma belle-sœur qui a douze jours et qui piaille inlassablement à longueur de journée. C'était une femme travailleuse, brave, point hystérique. Et tout à coup voilà que selon toute apparence elle fait courir le bruit qu'elle vit non seulement chez moi, mais avec moi. Je l'apprends et mène un petit interrogatoire qui me convainc qu'elle est effectivement à l'origine de ces bruits. Que faire ? C'est une pauvre fille. Ma femme, naturellement, s'était émue, sa mère aussi. Une histoire à dormir debout. Une chance encore que ma femme ait la tête solide. Il a fallu tout de même mettre à la porte la fille « sauvée ». C'est une histoire comme il n'en arrive qu'à moi. Tout cela m'a bien fatigué. Or, il faut un conte pour le numéro de décembre de *La Vie* et le 2 je dois absolument aller à Smolensk.

J'ai terriblement envie de vous voir. Je rentrerai à Nijni le 8, écrivez-moi pour cette date si vous serez à Moscou à Noël. J'y viendrais.

Sincèrement merci de soutenir *La Vie*. C'est très chic à vous. Je pense que la revue se redressera. Possé est un type qu'il faut aimer fort, *Thomas* sortira bientôt. La rédaction vous l'enverra certainement dès la parution. Sur ce, je vous souhaite bonne santé et belle humeur. C'est une œuvre épatante que vous montez là ! J'arriverai sûrement à vous y aider un peu. Portez-vous bien.

Si vous pouvez, écrivez plus souvent, j'ai beaucoup de peine à vivre au milieu de tous ces sombres tracas.

A. PECHKOV.

33

M. GORKI à A. TCHEKHOV.

Nijni-Novgorod, début décembre 1899.

Cher Anton Pavlovitch,

Le papier que vous m'avez envoyé a paru dans *La Gazette*; en outre, je l'ai diffusé parmi mes amis de Pétersbourg, de Moscou, de Samara et de Smolensk. Ici à *La Gazette*, cela rend mal, on n'a encore recueilli jusqu'ici que 35 roubles. Mais j'irai voir moi-même quelques-uns des richards de l'endroit et je leur arracherai quelque chose. Je crains d'avoir été maladroit en donnant dans le journal local un extrait de votre lettre sur la mort d'Epifanov. Pardonnez-moi si j'ai mal fait. J'escomptais que ce cri les pincerait au cœur, mais j'ai dû me tromper. Comment allez-vous? et votre santé? Quand donc Marx va-t-il sortir vos œuvres? On dit que les éditions de Souvorine sont déjà épuisées et que les libraires ne peuvent plus suffire aux demandes.

J'ai été récemment à Moscou et j'y ai appris que Wolf avait acheté mes livres. Je ne comprends pas si l'affaire est bonne ou mauvaise. J'ai vendu mes trois tomes, à 4 000 exemplaires soit 12 000, pour 1 800 roubles, dites-moi si c'est bien ou si c'est peu. Mais je ne puis le croire car les deux éditeurs ont l'air d'être de braves gens.

J'ai eu aujourd'hui la visite de Telechov : quelle santé ! En dehors de cette impression, je n'ai rien tiré de la rencontre. J'envie sa santé, car la mienne craque par toutes les coutures. Pardonnez-moi cette question, mais ne trouvez-vous pas, quand vous êtes à Pétersbourg, que les écrivains sont trop soumis au public, qu'ils le craignent, que peut-être ils aiment trop la popularité et surtout que cet amour-là les conduit à se haïr les uns les autres ?

Je n'arrive pas encore à me dépêtrer de mes impressions de Pétersbourg. C'était quelque chose d'humide, de collant, qui m'a englué l'âme. Pouvez-vous imaginer une âme enveloppée d'un lourd chiffon sale et humide ? de ceux qui servent à laver la boue sur le plancher ? Cela existe pourtant.

Qu'écrivez-vous ? Aurez-vous bientôt fini ? Je vais entreprendre encore un grand machin. J'y représenterai un moujik, instruit, architecte, fripon, intelligent et avide de la vie évidemment. Et je vous enverrai bientôt la photo de toute la famille.

J'ai un fils épatant, Anton Pavlovitch ! Que ne venez-vous le voir ! Mais les circonstances vous le feront peut-être connaître autrement, car il est très vraisemblable que je serai obligé d'aller cet hiver à Yalta.

En attendant – au revoir.

Bonne chance. Faut-il envoyer l'argent que nous avons recueilli ?

A. PECHKOV.

34

A. TCHEKHOV à M. GORKI.

Yalta, 2 janvier 1900.

Bonne année, cher Alexis Maximovitch ! Comment allez-vous ? Comment vous sentez-vous ? Quand viendrez-vous à

Yalta? Écrivez-moi tout cela en détail. J'ai reçu votre photo, elle est très bonne, merci à vous.

Merci aussi de vos démarches pour notre secours aux hivernants. Envoyez l'argent que vous avez, ou que vous aurez, à mon nom ou au nom de la direction de la société de bienfaisance; c'est indifférent. Mon conte pour *La Vie* est parti. Vous ai-je écrit que votre récit *L'Orphelin* m'a beaucoup plu et que je l'ai envoyé à Moscou à d'excellents lecteurs? Il y a à la Faculté de médecine un professeur A. B. Vogt, qui lit Sleptsov admirablement. Je ne connais pas de meilleur lecteur. Je lui ai donc envoyé votre *Orphelin*. Vous ai-je dit que j'aime beaucoup dans votre troisième tome *Mon compagnon*? C'est de la même force que *Dans la steppe*. À votre place je ferais dans les trois tomes un choix des meilleures choses et je les éditerais en un volume à un rouble : cela ferait assurément un ouvrage remarquable de force et d'élégance. Dans l'édition actuelle c'est un peu une salade, il n'y a pas de choses faibles, mais on a l'impression que ce n'est pas l'œuvre d'un, mais de sept auteurs : signe que vous êtes encore jeune et que votre talent n'est pas encore assez décanté.

Griffonnez-moi deux ou trois mots. Je vous serre la main bien fort.

Votre A. Tchekhov.

Srédine vous salue bien. Srédine et moi, nous parlons souvent de vous. Il vous aime. Sa santé est assez bonne.

35

M. Gorki à A. Tchekhov.

Nijni-Novgorod, début janvier 1900.

Bonne année !

Je mène une vie absurde comme toujours, je me sens désespérément désaxé, j'irai à Yalta fin mars ou en avril, si je ne tombe pas malade auparavant. J'ai terriblement envie d'une autre vie, n'importe laquelle, mais moins terne, moins lente ; oui, surtout cela, moins lente. J'ai vu récemment à la scène *Oncle Vania* : il était merveilleusement joué (je ne suis pas connaisseur et quand une pièce me plaît elle est toujours divinement jouée). Pourtant cet *Oncle Vania* a par lui-même la vertu de contraindre même de mauvais acteurs à jouer bien. C'est un fait. Car il y a des pièces que le jeu ne peut arriver à gâter et il en est d'autres qu'un bon jeu gâche à tout coup. J'ai vu récemment *La Puissance des ténèbres* au Petit Théâtre. Jusque-là je riais à l'entendre et même j'y prenais quelque plaisir ; mais à présent, elle me paraît odieuse, caricaturale, jamais plus je n'irai la voir. Je le dois à de bons artistes dont le jeu soulignait impitoyablement tout ce qu'elle a de grossier, d'absurde. Il en est de même en musique : l'*Élégie* d'Ernst peut être jouée même par un mauvais violoniste, mais joué par un virtuose un morceau médiocre deviendra franchement affreux. J'ai lu votre *Dame*. Savez-vous ce que vous faites ? Vous tuez le réalisme. Il sera mort bientôt, et pour longtemps. Cette formule a fait son temps, c'est un fait. Sur ce sentier-là personne ne peut aller plus loin que vous, personne ne peut écrire aussi simplement sur d'aussi simples choses. Après le plus insignifiant de vos contes, tout paraît grossier, écrit non pas avec une plume mais avec une bûche. Et surtout plus rien ne paraît simple, c'est-à-dire vrai. Croyez-m'en. (Il y a à Moscou un étudiant, Guéorgui Tchoulkov, qui vous imite avec beaucoup de succès et, ma foi, il n'est peut-être pas sans talent.) Eh oui, vous êtes en train de faire son affaire au réalisme. J'en suis fort heureux. Soit, on l'a assez vu !

Franchement, des temps sont venus où l'on a besoin d'héroïsme : tout le monde veut quelque chose d'excitant, d'éclatant, quelque chose, voyez-vous, qui ne ressemble pas à la vie mais la dépasse, quelque chose de meilleur, de plus beau. Il faut absolument que la littérature actuelle se mette à embellir un peu la vie et aussitôt la vie embellira à son tour, on vivra plus vite, plus clair. Tandis qu'aujourd'hui, regardez-moi comme ils font de vilains yeux, tristes, troubles, figés !

Vous faites un travail énorme avec vos petits récits, en éveillant le dégoût de cette vie endormie, agonisante – le diable soit d'elle ! Votre *Dame* m'a fait un tel effet que j'aurais voulu à l'instant tromper ma femme, souffrir, me quereller, et le reste à l'avenant. Je n'ai pas trompé ma femme – je n'ai personne avec qui le faire – je me suis contenté de lui faire une scène à tout casser ainsi qu'au mari de sa sœur, mon ami intime. Vous ne vous attendiez pas à ce résultat-là, hein ? Et je ne plaisante pas, cela s'est passé comme je vous le dis. Et je ne suis pas le seul, ne riez pas. Vos contes sont des flacons élégamment taillés remplis de tous les arômes de la vie et, croyez-moi, un bon nez y distinguera toujours le subtil parfum, sain et piquant, du vrai authentique, réellement précieux et nécessaire. Restons-en là, vous allez croire que je vous débite des compliments.

Votre idée d'une édition de mes meilleures nouvelles est excellente, encore que je ne partage absolument pas votre goût pour *Mon compagnon*. Était-il donc si nécessaire d'écrire sur ce thème ? Énumérez-moi pourtant, je vous prie, les nouvelles de qualité égale : donc *Dans la steppe*, *La Vieille Izerguil*, *En radeau*, *Mon compagnon*. Ensuite ? *Tchelkach* ? Bon. *Malva* ?

Votre attitude envers moi est curieuse, c'est-à-dire non point curieuse, mais prodigieusement... mettons absurde. Ou plutôt ce n'est pas la vôtre, mais la mienne. Vos lettres me font une impression étrange, non seulement en ce moment où je suis terriblement désaxé, mais en général. Je les aime fort. Pardonnez-moi tout cet embrouillamini : c'est que, voyez-vous, chaque fois que je vous écris, je voudrais trouver de quoi vous rendre gai et heureux, de quoi vous aider à vivre sur cette terre assurément assez répugnante. Merci des nouvelles de Srédine. Lui aussi est une bonne âme. Seulement, je n'arrive pas à comprendre pourquoi il aime Timkovski. C'est un problème. Saluez-le bien (Srédine).

Oui, on dit que vous vous mariez avec je ne sais plus qui – une actrice au nom étranger. Je n'en crois rien. Mais si c'est vrai, je m'en félicite. Le mariage est une bonne chose, si la femme n'est ni une bûche, ni radicale. Mais le meilleur de tout, c'est les enfants. Ah, mon gamin est un si bon petit diable ! Il est très intelligent, vous verrez, je l'amènerai au printemps. Seulement, il a appris de son père à dire des horreurs et il en dit à tout le monde ; je ne peux pas l'en défaire ! C'est très amusant, mais fort désagréable, quand un petit charlatan de deux ans lance à tue-tête à sa mère :

— Veux-tu me foutre le camp, nom de Dieu !

Et avec ça il articule très purement : fou-tre-le-camp.

Sur ce, au revoir.

Je vous serre la main. Mon *Thomas* ne sort toujours pas. Avez-vous lu comme on vous loue en Allemagne ? On m'a écrit l'autre jour de Pétersbourg qu'*Oncle Vania* est meilleur que *La Mouette*. Peut-être. Bien malin qui décidera.

Écrivez-moi, je vous en prie.

A. PECHKOV.

36

M. GORKI à A. TCHEKHOV.

Nijni-Novgorod, courant janvier 1900.

J'ai donc été chez Tolstoï. Depuis lors huit jours ont passé, et je ne puis encore formuler mes impressions. Il m'a frappé d'abord par son extérieur ; je ne l'imaginais pas comme ça – plus grand, plus large. J'ai trouvé un petit vieillard qui m'a rappelé, je ne sais pourquoi, les récits sur cet original de génie, Souvorov. Mais quand il s'est mis à parler, j'ai écouté dans le ravissement. Tout ce qu'il disait était merveilleusement simple, profond et, bien que parfois parfaitement faux, à mon sens, toujours excellent. Mais surtout très simple. En fin de compte pourtant il est tout un orchestre, mais les trompettes ne sont pas toujours toutes à l'unisson. Et c'est très bien, car c'est très humain. Au fond, il est idiot

d'appeler un homme un génie. Qu'est-ce qu'un génie ?
c'est une notion parfaitement incompréhensible. Il est
beaucoup plus simple et clair de dire : Léon Tolstoï ;
c'est court et parfaitement original : cela ne ressemble à
rien d'autre et avec cela c'est fort, particulièrement fort.
Voir Tolstoï, c'est très important et utile, quoique je ne
le tienne pas du tout pour une merveille de la nature.
À le voir on se réjouit de se sentir aussi un homme, de
prendre conscience qu'un homme peut être Léon Tolstoï.
Vous me comprenez ? On s'en réjouit pour l'homme en
général. Il s'est montré très gentil avec moi, mais, bien
sûr, ce n'est pas là l'important. Ce n'est pas davantage
ce qu'il a dit de mes nouvelles, mais un peu tout cela à
la fois : ce qu'il a dit, sa façon de parler, de s'asseoir, de
vous regarder. Tout est très fondu et puissamment beau.
Je ne pouvais croire qu'il fût athée bien que j'en eusse
le sentiment, mais maintenant que je l'ai entendu parler
du Christ et que j'ai vu ses yeux – trop intelligents pour
un croyant – je sais qu'il est athée, profondément athée.
C'est bien cela, n'est-ce pas ?

J'ai passé plus de trois heures chez lui, puis je suis allé
au théâtre et suis arrivé pour le troisième acte d'*Oncle
Vania*. Toujours *Oncle Vania*. Toujours. Et je retournerai encore le voir, en retenant ma place. Je ne le tiens
pas pour une perle, mais j'y vois plus de pensée que les
autres. Il déborde de pensée, de symboles, et sa forme en
fait une œuvre tout à fait originale, incomparable. Dommage que Vichnevski ne comprenne pas l'oncle, mais les
autres sont tous également merveilleux. Stanislavski ne
rend pas tout à fait Astrov comme il faudrait. Pourtant
tous jouent admirablement. Le Petit Théâtre est surpre-
nant de grossièreté en comparaison de cette troupe-là.
Quels artistes intelligents, cultivés, combien ils ont de
sens artistique ; la Knipper est une merveilleuse artiste,

une femme charmante et une tête intelligente. Tous, même le domestique Grigori, étaient excellents, tous savaient très exactement ce qu'ils faisaient et, ma foi, on pourrait même pardonner à Vichnevski son erreur en faveur de son jeu. Dans l'ensemble, ce théâtre m'a fait l'impression d'une entreprise solide, sérieuse, d'une grande entreprise. Et l'absence de musique, ce rideau qui s'écarte au lieu de se lever, tout cela lui convient parfaitement. Je ne pouvais même imaginer, voyez-vous, pareil jeu ni pareille mise en scène. Bravo! Je regrette de ne pas habiter Moscou, on ne verrait que moi dans ce merveilleux théâtre. J'ai aperçu votre frère, debout et applaudissant. Je n'applaudis jamais, c'est blessant pour les acteurs, ou plutôt ce doit l'être.

À propos, avez-vous vu *Cyrano de Bergerac* à la scène? Je l'ai vu récemment et j'en ai été enthousiasmé.

Place aux libres Gascons!
Nous sommes fils du ciel méridional,
Tous nous sommes nés au grand soleil de midi,
Et nous avons du soleil dans le sang!

J'aime ce « soleil dans le sang ». Voilà comme il faut vivre : comme Cyrano. Et point comme l'oncle Vania et tous les autres qui sont avec lui.

Mais je vous assomme assurément. Au revoir.

J'ai une pleurite. Je tousse tant que je peux et je ne dors pas de la nuit tant le côté me fait mal. J'irai sûrement me soigner à Yalta au printemps.

Je vous serre la main bien fort. Saluez Srédine si vous le voyez, qu'il salue de ma part Yartsev et Alexine.

Votre A. Pechkov.

37

A. Tchekhov à M. Gorki.

Yalta, 3 février 1900.

Cher Alexis Maximovitch,

Merci de votre lettre, de ce que vous m'écrivez de Tolstoï et d'*Oncle Vania*, merci surtout de ne pas m'oublier. Ici dans ce Yalta béni, sans lettres, il y a de quoi crever. L'oisiveté, un hiver stupide où la température se maintient au-dessus de zéro, l'absence totale de femmes intéressantes, les gueules de cochons sur la promenade, tout cela est capable de gâter et d'user un homme dans le plus bref délai. Je suis las, il me semble que l'hiver se traîne depuis dix ans.

Vous avez une pleurite ? Pourquoi alors restez-vous à Nijni ? Pourquoi ? D'ailleurs qu'est-ce que vous y trouvez, à ce Nijni ? Quelle glu vous y tient collé ? Si comme vous me l'écrivez Moscou vous plaît, pourquoi n'allez-vous pas habiter Moscou ? À Moscou, il y a des théâtres, etc., et surtout l'étranger y est à portée de la main, tandis qu'à vivre à Nijni vous allez vous y embourber et vous ne dépasserez pas Vassilsoursk. Il vous faut agrandir votre horizon, accroître vos connaissances, les élargir. Votre imagination sait appréhender les choses et les étreindre, mais elle est comme un grand poêle auquel on ne donne pas assez de bois. Cela est sensible en général, mais plus nettement dans les contes ; vous y donnez deux ou trois figures, mais elles se dressent isolément, hors de la masse ; on voit qu'elles vivent dans votre imagination, mais elles seules, la masse n'est pas saisie. Je fais exception pour vos nouvelles de Crimée (comme *Mon compagnon*), où à côté des personnages on sent la masse humaine d'où ils viennent, et l'air, et l'arrière-plan, en un mot, tout. Voyez-moi tout ce que je vous raconte, et tout cela pour que vous ne restiez pas à Nijni! Vous êtes un homme jeune, fort, endurant, à votre place je filerais dans l'Inde ou Dieu sait où, je ferais encore deux facultés. Je ferais, je ferais… vous riez, et je suis si vexé d'avoir déjà quarante ans, de l'asthme et toutes sortes de saletés qui m'empêchent de vivre librement. Quoi qu'il en soit, montrez-vous bon camarade, et ne m'en veuillez pas de vous catéchiser comme un protopope.

Écrivez-moi. J'attends *Thomas Gordeiev*, que je n'ai pas encore lu comme il faut.

Rien de nouveau. Portez-vous bien, je vous serre la main bien fort.

Votre A. Tchekhov.

38

M. Gorki à A. Tchekhov.

Nijni-Novgorod, début de février 1900.

Avez-vous lu l'article que Joukovski vous consacre dans *Les Nouvelles de Saint-Pétersbourg*, n° 34 du 4 février? Il me plaît, je le connais depuis longtemps, et moi aussi je pense que « la conscience est un parasite du sentiment ». J'ai commis une note sur votre *Ravin*,

mais le rédacteur en chef puis le censeur me l'ont abî-
mée. Savez-vous que *Dans le ravin* est une merveilleuse
réussite ? Ce sera l'un de vos meilleurs contes : et tout
ce que vous écrivez est chaque fois meilleur, plus fort,
plus beau. Prenez-le comme vous voudrez, mais il faut
que je vous le dise : c'est plus fort que moi.

Je n'irai pas aux Indes, quoique c'eût été très bien.
Et je n'irai pas non plus à l'étranger. Mais je me prépare à faire un petit tour à pied à travers la Russie, avec
un ami. Fin avril, nous pensons nous mettre en route
pour les pays du Sud, nous irons vers le Danube, la mer
Noire, etc. Rien ne me retient à Nijni, je peux m'arranger partout une vie aussi stupide. Et c'est la raison pour
laquelle je vis à Nijni. D'ailleurs, il n'y a pas longtemps
j'ai bien failli aller m'installer à Tchernigov. Pourquoi ?
Je n'y connais âme qui vive.

J'aime beaucoup que vous me « catéchisiez »
« comme un protopope », je vous ai déjà dit que c'est
très bien. Vous vous comportez envers moi mieux que
tous mes « confrères », c'est un fait.

J'ai été rudement étonné quand j'ai lu que Tolstoï avait
trouvé dans *Oncle Vania* je ne sais quelle « faiblesse
morale ». Engelhardt a dû s'embrouiller. Des amateurs
répètent ici la pièce en ce moment. Sonia sera très bien
et Astrov pas mal du tout. Écrivez-vous quelque chose
de nouveau ?

Voyez-vous, je n'aime pas du tout lire dans vos lettres
que vous vous ennuyez. Cela ne vous ressemble pas du
tout et c'est parfaitement inutile. Vous m'écrivez « j'ai
quarante ans ». Vous n'avez que quarante ans ! Cependant quelle quantité d'œuvres vous avez écrites, et quelles
œuvres ! Voilà le vrai. Il est affreusement tragique que
tous les Russes s'estiment au-dessous de leur véritable
valeur. Vous m'avez l'air de partager cette faiblesse-là.

La Vie vous enverra *Thomas*, elle veut vous faire faire
une reliure spéciale, à ce que j'ai entendu dire. Et vous,
Anton Pavlovitch, envoyez-moi votre premier tome. Je
vous en prie. À en juger par les critiques, il y a là-dedans
une foule de contes que je n'ai pas lus.

Je viens de me rendre à Pétersbourg pour faire enre-
gistrer les statuts de la Société nijégorodienne des amateurs d'art. Nous fondons une Société d'habitations à
bon marché. Tout cela n'est que rapiéçage sur les déchi-
rures d'une âme avide de vivre. Au revoir.

Je vous serre la main bien fort et vous souhaite
d'écrire un drame.

A. PECHKOV.

39

M. GORKI à A. TCHEKHOV.

Nijni-Novgorod,
première quinzaine de février 1900.

J'ai reçu aujourd'hui une lettre de Tolstoï dans laquelle
il dit : « Quel beau conte Tchekhov a donné à *La Vie*.
J'en suis extraordinairement heureux. »

Savez-vous, j'aime ce « bonheur extraordinaire » à
la lecture de votre conte. J'imagine le vieillard frap-
pant du doigt sur la berceuse de Lipa et, peut-être avec
des larmes dans la voix (c'est tout à fait vraisemblable,
je l'ai vu quand j'étais chez lui), disant quelque chose

de profond et de gentil comme il sait le faire. J'irai certainement le voir quand j'irai chez vous. Et j'irai chez vous quand j'aurai fini ma nouvelle pour *La Vie*.

Au fait, je vous dois un grand, un ardent merci pour *La Vie*. On a beau faire autour d'elle le silence, votre conte fera son effet. Vous lui avez donné un rude coup d'épaule ! C'est rudement chic de votre part.

Ce phénomène de Possé est dans l'enthousiasme. On l'étrille de tous les côtés, on l'égratigne, on le pince, on le mord. C'est formidable comme on le déteste à Pétersbourg : signe certain que c'est un brave homme. En réalité, que lui rapporte sa situation de rédacteur en chef ? 200 roubles par mois ? Il pourrait gagner le double. Vanité ? Il n'en a pas trace. Non, voyez-vous, il a envie de créer une bonne revue, une revue littéraire. Je m'associe à son projet, je partage son désir. Je l'avoue, la lecture de *La Vie* m'est parfois assez pénible, je vous l'accorde. Et imaginez que tout à coup on réussisse réellement à créer une revue, une bonne revue, sensible, sûre ?... Je me nourris d'espérance, bien que je ne sois plus un tout jeune homme. Et vous savez, je vais vous adresser encore une prière pour *La Vie* : ne l'oubliez pas, donnez-lui encore un conte, je vous en prie. Mais, pour Dieu, ne croyez pas que je sois matériellement intéressé à son succès. Non, je touche 150 roubles. par feuille, et c'est tout. J'ai eu une prime, mais j'y ai renoncé, je l'ai envoyée au diable. C'était une espèce de prime idiote, ils me l'avaient donnée « pour mon assiduité », en guise d'encouragement. Mais je me suis chamaillé avec deux des donateurs et je leur ai retourné leur présent.

J'écris une nouvelle, assez absurde.

Quand j'aurai fini, j'irai à Yalta pour quelques jours. Et Possé viendra avec moi. Vous verrez quel chic type c'est. Absurde lui aussi. Il a un nez ridicule et une petite voix aiguë de femme. Il ressemble à Ioulia Petrovna. Mais ça ne fait rien. J'ai une prière à vous adresser : ne pouvez-vous m'indiquer les articles qui vous ont été consacrés jusqu'en 94 ? les articles de journaux ? J'ai écrit au Bureau des informations de presse, ils se sont récusés : ils disent qu'ils ne donnent que des articles contemporains, tirés de la vie courante. Et j'en ai grand besoin. Est-ce qu'Ivan Pavlovitch ou votre sœur ne pourraient pas me renseigner ? Je vous en prie, si cela est possible, demandez-le-leur.

Je vous serre la main bien fort et vous envoie du fond de mon cœur tous mes vœux les meilleurs.

A. PECHKOV.

40

A. TCHEKHOV À M. GORKI.

Yalta, 15 février 1900.

Cher Alexis Maximovitch,

Votre feuilleton dans *La Gazette de Nijni* a été un baume pour mon âme. Que vous avez de talent ! Sorti de la littérature proprement dite, je ne sais plus écrire ; mais vous, vous possédez une admirable plume de critique. J'avais cru d'abord que si votre feuilleton me plaisait tant, c'est parce que vous m'y louiez, mais il apparaît que Srédine et sa famille et Iartsev en sont tous dans l'enthousiasme. Donc lancez-vous dans la critique, et que Dieu vous bénisse.

Pourquoi donc ne m'envoie-t-on pas *Thomas Gordeiev*? Je ne l'ai lu que par bribes, et il faudrait le lire d'une seule traite, comme je viens de lire *Résurrection*. Tout, excepté les rapports de Nekhlioudov avec Katia, assez confus et artificiels, m'a frappé dans ce roman : sa force et sa richesse, son ampleur, et l'hypocrisie d'un homme qui a peur de la mort, qui ne veut pas l'avouer, et s'accroche à des textes de l'Écriture sainte.

Écrivez donc qu'on m'envoie *Thomas*. *Vingt-six hommes et une femme* est un bon récit, le meilleur de ce qu'imprime *La Vie*, cette revue de dilettantes. L'atmosphère y est rendue avec force, cela sent le craquelin.

La Vie a imprimé mon conte avec de grossières coquilles, sans tenir compte de mes corrections sur épreuves. Je trouve déplaisants dans cette revue les tableaux provinciaux de N., le tableau « Bonne année » et le conte de N. N.

On vient de m'apporter votre lettre. Alors, vous ne voulez pas aller aux Indes? Vous avez tort. Quand on a derrière soi les Indes, une longue navigation, il reste des souvenirs pour les heures d'insomnie. Cependant, un voyage à l'étranger prend moins de temps, cela ne vous empêcherait pas de courir la Russie à pied.

Je m'ennuie, non au sens de *Weltschmerz*, non au sens de dégoût de l'existence, simplement je m'ennuie sans société, sans musique que j'aime, sans femmes, qui n'existent pas à Yalta. Je m'ennuie sans caviar et sans choucroute.

Je regrette que vous ayez manifestement renoncé au voyage de Yalta. Le Théâtre artistique de Moscou sera ici en mai. Il donnera cinq spectacles puis restera pour répéter. Venez donc, vous étudierez aux répétitions les conditions de la scène puis, en cinq à huit jours, vous écrirez une pièce que j'accueillerai avec joie, de tout mon cœur.

Oui, j'ai maintenant le droit d'afficher mes quarante ans, et de rappeler que je ne suis plus un jeune homme. J'ai été l'écrivain le plus jeune, mais vous êtes apparu et d'un coup je me suis rassis, et il n'y a plus personne pour m'appeler le plus jeune. Je vous serre la main. Portez-vous bien.

Votre A. Tchekhov.

Je viens de recevoir le feuilleton de Joukovski.

41

A. Tchekhov à M. Gorki.

Yalta, 6 mars 1900.

Cher Alexis Maximovitch,

Le Théâtre artistique jouera du 10 au 15 avril à Sébastopol, et du 16 au 21 à Yalta. On donnera *Oncle Vania*, *La Mouette*, *Solitaires* de Hauptmann et *Hedda Gabler* d'Ibsen. Venez sans faute. Il vous faut approcher d'un peu plus près ce théâtre et l'étudier, pour écrire une pièce. Tenez, si vous assistiez aux répétitions, vous vous feriez encore mieux la main. Rien ne familiarise avec les conditions de la scène comme le tohu-bohu des répétitions.

Le bruit court à Yalta que Srédine a reçu une lettre de vous : vous arriveriez au début d'avril. Est-ce vrai ? Il faudrait vérifier ce bruit, mais il n'y a pas moyen d'aller chez Srédine, car voici quatre jours qu'il pleut et qu'il neige. Il n'y a rien de nouveau. Bonne santé et bonne chance, écrivez vite votre *Moujik*.

Votre A. TCHEKHOV.

Le Théâtre artistique amènera ses décors.

42

M. GORKI à A. TCHEKHOV.

Nijni-Novgorod, 7.III.1900.

Arriverai semaine prochaine. PECHKOV.

43

M. GORKI à A. TCHEKHOV.

Manouilovka, début de juin 1900.

Il m'a pris l'envie de vous écrire quelques mots. Je suis déjà à Manouilovka et voici mon adresse :
Manouilovka, poste Khorochki, arrt. de Kobeliak, gvt. de Poltava.

Il fait bon dans ce Manouilovka, très bon. Calme, paisible, un rien triste. Et on se sent un peu dépaysé devant tant de gens qui ne parlent jamais de littérature, de théâtre ni de toutes ces choses « belles et nobles » dont ils n'ont que faire. Quoi qu'il en soit, les Ukrainiens sont des gens épatants, faciles, polis, je les aime fort. Nous ne sommes pas mal installés. Au milieu d'un vieux parc immense se dresse une petite maison de pierre rouge, avec sept minuscules chambres absurdes aux portes basses et étroites : c'est là que nous sommes. À côté de nous, sur un grand tilleul, vit une famille de hiboux. Dans la mare, il y a des grenouilles, et les grenouilles de Petite-Russie ont des voix si mélancoliques... L'église n'est pas loin ; le gardien sur le clocher sonne les heures. Des chiens aboient. Une authentique lune ukrainienne regarde par la fenêtre. On pense à Dieu et à je ne sais quoi encore de mystérieux et de beau. On voudrait rester immobile et ne faire que penser.

Venez donc nous rejoindre. Nous vous mettrons à l'école, dans le même parc, pas loin de nous. Vous aurez une grande chambre, personne ne vous dérangera. Il fera calme. J'ai commencé à me baigner dans le Psiol, une charmante rivière où vivent d'énormes brochets. Une belle rivière. D'ici, de la campagne, au clair de lune et au chant plaintif des grenouilles, l'existence à Yalta me paraît encore plus odieuse, fabriquée, inutile. Dès demain, je travaille.

Je vous souhaite de faire de même ; bonne santé et bonne chance. Je vous serre la main bien fort – et au revoir, à bientôt.

Écrivez-moi si vous allez à Paris et, je vous en prie, envoyez-moi les épreuves comme vous me l'avez promis. Allons, au revoir, Anton Pavlovitch. Saluez votre mère et votre sœur. Ma femme aussi vous envoie ses amitiés, elle me prie de vous rappeler certain portrait que vous lui avez promis, et de transmettre ses amitiés à votre famille.

A. Pechkov.

44

A. Tchekhov à M. Gorki.

Yalta, 7 juin 1900.

Cher Alexis Maximovitch,

J'ai reçu ce matin une lettre de Kapitolina Valerianovna Nazareva (votre admiratrice, qui écrit sous le pseudonyme de N. Lévine dans *Les Nouvelles de la Bourse*). Elle veut savoir où vous êtes et demande votre portrait pour l'insérer dans *Œuvres*, la revue de Hiéronime Iasinski. Ce n'est pas à moi qu'elle le demande, c'est à vous. Son adresse : 11, rue Nadejdinskaia, appt. 11 – deux fois 11 – St-Pétersbourg. Voilà qui est fait !

Puis j'ai reçu une longue lettre de Melchine en réponse à mon refus. Longue et peu convaincante, mais je ne sais toujours que faire : vais-je ou non lui envoyer une nouvelle lettre ?...

Et vous, comment allez-vous ? J'ai reçu votre lettre peu après votre départ de Yalta, vous n'aviez encore rien de neuf, mais maintenant il y a, je suppose, une foule de nouvelles de toutes sortes et des plus intéressantes. On a coupé les foins ? Vous avez écrit une pièce ? Écrivez,

écrivez, écrivez simplement, la langue courante, familière, et soyez loué ! Comme promis, envoyez-la-moi ; je la lirai et vous écrirai mon avis très franchement, je soulignerai au crayon les mots impropres à la scène, Je tiendrai toutes mes promesses ; et vous, écrivez, je vous en prie, ne perdez pas de temps, ne laissez pas échapper l'inspiration.

Une Nijégorodienne, Mme Anna Inozemtseva, vient de m'apporter le premier tome de ses œuvres (*Œuvres*, tome Ier), et s'en est allée sans m'avoir vu. Avec un portrait. Le livre est imprimé à Nijni-Novgorod, c'est pourquoi je l'appelle Nijégorodienne.

Aller vous voir, hélas, je ne le puis : il faut que j'aille à Paris, il faut que j'aille à Moscou me faire opérer (des hémorroïdes), il faut que je reste à Yalta pour écrire, il faut que j'aille n'importe où, loin, loin, et longtemps... Il n'y a rien de neuf à Yalta. Il fait chaud, mais pas très. Les miens sont à Gourzouf et je vis seul à Yalta. Srédine va bien, mais il a été malade et même assez sérieusement. Nous avons été deux jours très inquiets, nous voulions rappeler Anatoly d'auprès de vous, mais ensuite tout s'est passé et il se retrouve comme avant.

Griffonnez-moi un peu de tout, comment vous allez, comment va le travail. Si je ne suis pas à Yalta, on me fera suivre votre lettre, tout comme la pièce, là où je serai. Soyez sans inquiétude, tout sera sain et sauf. Mais le plus vraisemblable est que je serai à la maison jusqu'au 5-10 août.

Saluez respectueusement pour moi Ekaterina Pavlovna, je bénis votre Maximok des deux mains et je l'embrasse. Chez nous tout est pour le mieux. Quand je vous ai accompagné, j'étais un peu souffrant mais maintenant ça va.

Allons, portez-vous bien, soyez heureux et que Dieu vous garde.

Votre A. Tchekhov.

45

M. Gorki à A. Tchekhov.

Manouilovka, début de juillet 1900.

Cher Anton Pavlovitch,

Allons en Chine ! Un jour à Yalta vous avez dit que vous iriez volontiers. Partons ! J'ai une envie formidable d'aller là-bas et je pense me proposer comme correspondant à quelque journal. Ma femme ne tient pas à me laisser partir seul, mais elle dit qu'elle serait tout à fait tranquille si vous veniez aussi. Partons, Anton Pavlovitch ! Là-bas la vie est intéressante, ici elle est grise.

J'attends une réponse, une prompte réponse.

Votre Gorki.

Manouilovka par Khorochki, arrt. de Kobeliak, gvt. de Poltava.

46

M. Gorki à A. Tchekhov.

Manouilovka,
première quinzaine de juillet 1900.

Mon drame n'avance pas, cher Anton Pavlovitch. Je n'arrive pas à comprendre à quoi sert le 3ᵉ acte. De ma méditation il ressort que le 1ᵉʳ noue, le 2ᵉ embrouille, le 3ᵉ dénoue. Je continue pourtant à y travailler, bien que je garde présent à l'esprit le conseil de Chtcheglov : avant tout écrivez une tragédie en cinq actes, au bout d'un an tirez-en un drame en trois actes, puis de celui-ci, au bout d'un an, un vaudeville en un acte ; enfin au bout d'un an brûlez le vaudeville et épousez une femme riche – l'affaire est dans le sac. D'ailleurs, ce n'est pas Chtcheglov, il me semble, qui fait cette recommandation, mais quelqu'un d'autre.

Je suis poursuivi de rêveries chinoises. J'ai tant envie d'aller en Chine ! Il y a longtemps que je n'ai rien désiré avec tant d'ardeur. Vous aussi vous avez envie d'aller loin. Venez-vous ? Vrai ? Ce serait épatant. Même en rêve je vois des gueules jaunes qui montrent les dents, j'en ai mal au cœur.

J'avais oublié Iakoubovitch, si bien que si vous ne m'en aviez pas parlé je n'aurais pas répondu à sa lettre. Je viens de refuser, en termes catégoriques, arguant du manque de temps, quoiqu'il eût fallu dire tout droit que je suis peu enclin à m'associer à des entreprises partisanes. Mais j'aurais été peiné de les blesser, ce qui n'aurait pas manqué en formulant de pareilles pensées.

Il fait bon vivre ici, vous savez. Les jours de fête je m'en vais dès le matin avec les paysans dans la forêt au bord du Psiol et nous y passons toute la journée. Nous chantons, nous faisons cuire le gruau, nous buvons un peu et nous bavardons de tout. Les paysans d'ici sont braves, instruits, ils ont le sentiment de leur dignité personnelle, ils n'ont pas connu le servage et devant les « pan » ils se tiennent bien, en hommes. Simplement. Vendredi je vais pêcher avec eux à la seine et nous passerons la nuit en forêt, dans le foin. Samedi et dimanche nous vivrons dans les bois. Nous boirons, nous nous baladerons, et si la mort vient, nous mourrons ! C'est épatant ! Pourtant, il y a un fond de tristesse chez les paysans, dans la campagne, et dans la chanson ukrainiennes.

Je veille jalousement à ce que le cafard ne me suce pas le cœur, en vain. Dieu sait pourquoi, je ne comprends pas.

J'ai lu aux paysans *Dans le ravin*. Si vous aviez vu quel succès ! Ils se sont mis à pleurer et j'ai pleuré avec eux. Kostyl leur a plu au-delà de toute expression. À ce point que l'un d'eux, Petro Derid, a même regretté qu'on n'en dise pas assez sur ce Kostyl. Lipa a plu, et le vieux qui dit « notre grande mère la Russie ». Oui, ce fut un joli succès, je dois le dire. Ils ont pardonné à tous, et au vieux Tsyboukine et à Axinia, à tous ! Vous êtes un homme prodigieux, Anton Pavlovitch, et vous avez un immense talent.

Je me baigne tous les jours, je joue aux quilles, je me retape. Je vous souhaite de tout cœur de faire de même. Je vous serre la main.

Au revoir !

Répondez-moi pour la Chine.

Votre A. Pechkov.

Anton Pavlovitch, vous m'aviez promis de m'envoyer votre portrait. Vous n'avez pas oublié ?

E. Pechkova.

47

A. Tchekhov à M. Gorki.

Yalta, 12 juillet 1900.

Cher Alexis Maximovitch,

Votre proposition d'aller en Chine m'a étonné. Et votre pièce ? Où en est votre pièce ? C'est donc que vous l'avez achevée ? Quoi qu'il en soit, il est déjà tard pour aller en Chine car la guerre touche manifestement à sa fin. Et je ne peux aller là-bas que comme médecin. Médecin militaire. Si la guerre dure, j'irai, mais en attendant je reste ici et j'écris tout doucement.

Avez-vous reçu ma lettre ? Avez-vous répondu à Nazareva ?

Rien de neuf chez nous, qu'une chaleur torride, étouffante, presque insupportable.

Respectueux hommages et amitiés à Ekaterina Pavlovna et à Maxime. Bonne santé et bonne chance.

Votre A. Tchekhov.

48

M. Gorki à A. Tchekhov.

Manouilovka,
deuxième quinzaine d'août 1900.

J'ai l'honneur de vous faire connaître, cher Anton Pavlovitch, que le drame de Maxime Gorki, conduit par lui à la sueur de son front jusqu'au troisième acte, a trouvé une heureuse fin. Il a éclaté d'ennui sous l'abondance des annotations. Après l'avoir déchiré en petits morceaux, j'ai poussé un soupir de satisfaction, et maintenant j'en tire un roman.

Pour parler sérieusement, cet échec m'est très désagréable. Moins en soi qu'à la pensée de la gueule que je ferai devant Alexeiev et Dantchenko. Devant vous, je me disculperai : c'est-à-dire que j'écrirai tout de même un drame. Sans faute ! Voyez-vous, c'est une discipline très curieuse, qui enseigne la valeur des mots. On veut dire : « avec un sourire il regarda vers l'armoire », et on ne peut pas. Au début, j'avais le sentiment d'avoir constamment derrière mon dos quelqu'un prêt à crier « Défendu ! ». Je ne pense pas que cette lettre vous trouve à Yalta. Mais j'espère qu'on vous la fera suivre. Dans quelques jours je partirai pour Nijni et je passerai par Moscou. Si vous y êtes je vous y verrai. Mais si vous êtes quelque part ailleurs, je vous en prie écrivez-moi à Nijni quand vous serez à Moscou. J'y serai vers le 20 septembre, sans faute. J'arriverai de Nijni. J'ai grande envie de vous voir.

Écrivez-moi à *La Gazette de Nijni*.

Je me suis bien retapé ici. Ma femme vous salue.

Je vous serre la main bien fort et vous souhaite toute sorte de prospérité.

A. PECHKOV.

49

M. GORKI et autres à A. TCHEKHOV

Moscou, 4.IX.1900.

Vous saluons affectueusement. PECHKOV, POSSÉ, BOUNINE, SOULERJITSKI, PIATNITSKI, BALTROUCHAITIS.

50

A. TCHEKHOV à M. GORKI.

Yalta, 8 septembre 1900.

Tenez, cher Alexis Maximovitch, je vous envoie une lettre que j'ai reçue hier ; c'est évidemment à vous qu'elle se rapporte et elle n'a guère été envoyée que pour vous.

Je viens de lire dans le journal que vous écrivez une pièce. Écrivez, écrivez, écrivez. Il le faut. Si elle tombe, le mal n'est pas grand. Un insuccès est vite oublié, tandis qu'un succès peut être d'un très grand profit pour le théâtre.

Si vous m'écrivez, j'aurai encore le temps de recevoir ici votre lettre. Je ne partirai pas d'ici (de Yalta) avant le 22 septembre, Je descendrai à Moscou, et s'il y fait très froid je partirai pour l'étranger.

J'ai reçu le télégramme, merci.

Tenez-vous prêt : dès mon arrivée à Moscou je vous télégraphierai, vous me rejoindrez, nous bavarderons ensemble et nous parcourrons Moscou en long et en large.

Votre A. Tchekhov.

Saluez votre femme et dites-lui que je lui enverrai ma photographie, une bonne, de Moscou ou de l'étranger.

51

M. Gorki à A. Tchekhov.

Première quinzaine de septembre 1900.

J'ai lu l'épître de la dame : elle y va fort ; qu'est-ce qu'elle me passe ! Au demeurant, qu'elle s'explique avec son mari.

Les journaux cancanent à tort et à travers. Je n'ai pas écrit de drame et n'en écris point, pour le moment. J'écris une nouvelle que j'aurai bientôt terminée. Dès qu'elle sera finie, je me remettrai au drame. Je le reprendrai de fond en comble et sous une nouvelle forme. L'échec ne me fait pas peur; on m'a loué de toutes parts, mais le bruit de leurs louanges ne m'a pas étourdi. Je sens très bien qu'ils ne tarderont pas à aboyer aussi gratuitement et aussi fort.

Mais tout cela est sans intérêt, cher Anton Pavlovitch. L'événement, c'est *Snegourotchka*. Un grand événement, croyez-moi. Quoique je comprenne mal, je sens presque toujours infailliblement ce qui est beau et ce qui est important dans le domaine de l'art. La pièce est montée merveilleusement, excellemment, c'est quelque chose d'étonnant. J'ai assisté aux répétitions sans costumes ni décors, mais je suis sorti de la salle Romanovskaia enchanté, ravi jusqu'aux larmes. Comme ils jouent – Moskvine, Katchalov, Gribounine, Olga Leonardovna, Savitskaia! Tous sont bons, et tous meilleurs les uns que les autres: ils sont comme des anges envoyés du ciel pour raconter aux hommes les profondeurs de la beauté et de la poésie.

Le 20 j'irai à Moscou peur la première représentation, j'irai coûte que coûte. Je suis souffrant, j'ai déjà attrapé à Moscou une pleurite sèche du côté droit. Mais cela ne vaut pas la peine d'en parler. C'est vous qui devriez ne pas aller à Moscou, vous y tomberez malade. Mais *Snegourotchka* vaut qu'on aille jusqu'au pôle Nord. Et si vous pouviez venir pour le 20 ce serait parfait.

À Moscou j'ai été chez Maria Pavlovna, et chez les Knipper. Tous m'ont plu, formidablement. L'oncle officier est délicieux. Il m'enchante purement et simplement. Et la mère aussi, et l'étudiant. J'ai logé aussi chez l'artiste Assaf Alexandrovitch Tikhomirov – un type charmant. J'ai vu Mme Krandievskaia, l'écrivain; elle est gentille. Modeste, sans prétention, visiblement bonne mère, de beaux enfants, toute simple; elle vous aime à la folie et vous comprend bien. Malheureusement elle est un peu sourde et quand on lui parle il faut crier. Elle doit être terriblement humiliée d'être sourde. Une brave femme. Comme j'assistais à une répétition au théâtre voici qu'apparaissent Possé, Piatnitski, Bounine et Soulerjitski. Nous sommes allés au bistrot et nous avons eu une grande conversation à votre sujet. Vous savez, Bounine est intelligent. Il sent très finement le beau et, quand il est sincère, il est magnifique. Dommage que sa neurasthénie aristocratique le gâte. S'il n'écrit pas d'œuvres de génie, il donnera des choses fines et intelligentes.

Tout le monde est enthousiaste de *Snegourotchka*. Possé et Piatnitski viendront de Pétersbourg le 20. C'est juré. Vous devriez voir comme Moskvine est bon dans le gueux, Katchalov dans le tsar et Olga Leonardovna dans Lel. Elle aura un succès fou, c'est sûr. Elle le partagera avec tous les autres, mais elle enchaîne le public par son chant, outre la beauté et l'intelligence de son jeu. La musique de *Snegourotchka* est follement colorée, encore qu'elle soit l'œuvre de ce borgne de Gretchaninov. C'est un type charmant. Il aime la chanson populaire, il la connaît et il la sent bien.

Le Théâtre artistique est aussi beau, c'est une chose aussi importante que la galerie Trétiakov, que Basile-le-Bienheureux et que le meilleur de Moscou. Il est impossible de ne pas l'aimer et ce serait un crime, nom de Dieu, de ne pas travailler pour lui !

Vous savez, *Snegourotchka* m'a rempli d'une joie débordante, et bien que j'aie vu à Moscou des choses affreusement tristes, je l'ai quitté comme après un bain d'eau vive. J'ai vu, par exemple, une femme d'une rare beauté physique et spirituelle – je la connais depuis longtemps : une femme merveilleuse ! Et voici le neuvième mois qu'elle est couchée, à demi morte et à demi folle, parce que la vie est sale, menteuse, et qu'il n'y a pas de place pour les belles âmes. Elle souffre d'un mal que la grande masse des femmes supporte aisément : le désaccord du rêve et de la réalité. Je la plains tant que s'il fallait tuer quelqu'un pour sa santé et son bonheur, je le ferais.

Je ne veux pas vous écrire davantage, je me sens triste et mauvais. Ma femme vous salue et vous remercie du portrait.

Portez-vous bien ! Je vous serre la main bien fort. Je n'ose vous prier de venir à Moscou pour le 20.

Mais j'en ai terriblement envie. Ne partez donc pas à l'étranger. Avez-vous fini votre pièce ?

J'ai acheté votre 2e tome. Que de nouveautés pour moi ! Que ne m'envoyez-vous les épreuves des tomes suivants ! Cela allégerait ma tâche.

Bonne chance !

Votre A. Pechkov.

52

A. Tchekhov à M. Gorki.

Yalta, 28 septembre 1900.

Cher Alexis Maximovitch,

Achetez à Nijni, s'il s'y trouve, ou faites venir le livre d'un certain Danilov I. A., *Un havre de paix* et lisez le récit du milieu, écrit en forme de journal. Lisez-le sans faute et écrivez-moi si ce récit a vraiment de la qualité, comme il m'a semblé.

Si je suis à Moscou en octobre, je vous l'écrirai.

J'ai reçu aujourd'hui une lettre de Menchikov, qui vous invite vivement à collaborer à *La Semaine*. Là, soit dit en passant, ils paient bien.

Quoi de neuf ? Griffonnez-moi quelques mots, je vous en prie ! Ne me laissez pas crever d'ennui. Mes salutations et mes amitiés à votre femme et à votre fiston.

Votre A. TCHEKHOV.

Le *Havre de paix* est un livre intelligent. Toutefois il n'aurait pas fallu l'écrire en forme de journal. Cela laisse une forte impression.

Quoi qu'il en soit, je ne veux pas anticiper, lisez vous-même.

53

M. GORKI à A. TCHEKHOV.

Nijni-Novgorod, début d'octobre 1900.

Cher Anton Pavlovitch,

Je viens de rentrer de Moscou, où j'ai couru toute une semaine à jouir du spectacle de toutes sortes de merveilles, telles que *Snegourotchka* et *Vasnetsov*, *La Mort d'Ivan le Terrible* et Chaliapine, Savva Mamontov et Krandievskaia. Je suis fatigué, abruti et content d'être rentré dans mon Nijni. *Snegourotchka* m'a ravi. Olga

Leonardovna est un Lel idéal. Andréieva n'est pas mauvaise non plus dans ce rôle, mais Olga Leonardovna est parfaite. Charmante, lumineuse, un personnage de conte de fées; et comme elle chante bien! La musique est belle à faire pleurer, simple, naïve, authentiquement russe. Seigneur, que tout cela était beau! Comme un rêve, comme un conte! L'empereur Bérendeï est magnifique: Katchalov est un jeune type qui possède une voix d'une rare beauté et d'une rare souplesse. Les deux Snegourotchka, Lilina et Mundt, sont bonnes. Oh, que ne pourrais-je vous écrire sur ce merveilleux théâtre où même les charpentiers aiment l'art, davantage et de façon plus désintéressée que bien des littérateurs connus. Le théâtre, Vasnetsov et la folle famille Knipper m'ont donné beaucoup de joie, mais je crains, mon cher, mon bon ami, que ma joie vous rende encore plus triste cette sinistre, déserte et étouffante Yalta. Je voudrais tant que la vie vous jette une brassée d'étincelles de joie. Allez donc quelque part en voyage!

Il fait bon être à Moscou, mais y passer une semaine est éreintant. J'ai vu Mamontov: c'est un original! Il ne m'a pas du tout l'air d'un fripon au fond: simplement il aime trop le beau et se laisse entraîner par son amour. D'ailleurs, est-ce qu'on peut trop aimer le beau? L'art est comme un dieu, il n'a pas assez de tout l'amour d'un cœur d'homme, il lui faut des honneurs divins. Et quand je vois Morozov dans les coulisses, couvert de poussière et tremblant pour le succès de la pièce, je suis prêt à lui pardonner toutes ses usines – ce dont il n'a d'ailleurs nul besoin – je l'aime, car dans son âme avide de moujik, de marchand il aime l'art avec un désintéressement que je pourrais presque toucher.

Vasnetsov vous salue. J'aime et j'estime de plus en plus ce grand poète. Son *Baian* est grandiose. Combien donnera-t-il encore à la peinture de ces beaux sujets, puissants, vivants ? Je lui souhaite l'immortalité.

Krandievskaia. Une femme simple et gentille, sourde. Elle vous aime follement, et vous comprend bien. Une brave femme, qui n'a pas du tout l'air d'une intellectuelle. Quand on lui parle il faut crier, mais ça ne fait rien ; elle aime aussi pas mal de choses, et avec passion. C'est quelque chose à quoi je tiens. Chaliapine est un type simple, un grand gars tout gauche avec un visage fruste et intelligent. Dans chacun de ses jugements on sent l'artiste. Mais je n'ai passé avec lui qu'une demi-heure, pas davantage.

Quelqu'un qui m'a beaucoup plu à ce voyage, c'est ce bel esprit de Dantchenko. Je suis vraiment heureux d'avoir fait sa connaissance. Je lui ai raconté ma pièce, et en deux ou trois remarques judicieuses et sûres il l'a remise en place sur-le-champ. Il a tout corrigé, redressé, et j'étais tout étonné de la voir prendre forme avec tant d'aisance et d'élégance. Ça c'est un type.

J'ai dîné chez les Knipper avec ma femme. Anna Ivanovna a chanté avec sa fille et en solo. Il y avait aussi la mère de Srédine, une belle vieille dame. C'est étonnant comme toutes les belles vieilles dames que je connais ont des traits affreux. Il fait bon chez les Knipper ; on y est simple et d'une gaîté endiablée.

J'ai vécu une semaine terrible. Quand je suis parti pour Moscou j'étais encore sous l'impression d'un affreux événement : deux jours avant mon départ, en entrant dans l'appartement de Tchechikhine-Vetrinski (peut-être connaissez-vous son livre sur Granovski et les années 40 ?) que vois-je : étendu sur le seuil, le frère de sa femme, un gamin de dix-sept ans, la tête arrachée et fracassée au point qu'il ne pendait plus sur le cou que la mâchoire inférieure. À deux pas gisaient une partie du front et un morceau de joue, entre les deux, un œil ouvert. Sur le plafond, sur les murs, de la cervelle et du sang. Il s'était tiré dans la bouche les deux coups d'un fusil chargé à plombs. Par amour, et faute de trouver assez de vérité dans cette vie.

Le même jour j'ai reçu un télégramme de Moscou : « Zina décédée. » Zina – c'était une femme étonnante, mère de quatre enfants, la fille de cette dame Pozern à qui j'ai dédié un de mes livres. Cette femme avait une âme de cristal. Un jour elle vit son mari déboutonner le corsage d'une couturière qui logeait chez eux, et elle s'abattit sur le sol. Depuis cette nuit-là elle est restée malade neuf mois et sept jours. Elle n'a pas quitté son lit, on la transportait sur des draps. Elle avait une inflammation de tout le système nerveux, il s'y était ajouté quelque chose du côté des ganglions (c'est possible, n'est-ce pas ?). Tout le corps lui faisait mal, les os, la peau, les muscles, les ongles, les cheveux. Sept minutes avant de mourir elle dit : « Je vais mourir, Dieu merci. Ne dites pas aux enfants que je suis morte avant un an d'ici, je vous en supplie. » Et elle mourut. Je l'aimais. Il y a cinq ans je croyais que je ne pourrais vivre sans elle. Aujourd'hui, à mon arrivée à Moscou j'ai accompagné son corps du marché de Smolensk à la gare de Koursk, puis je suis allé au théâtre voir *Snegourotchka*. C'est sacrilège, c'est laid. Suis-je une espèce d'animal avide ou une brute insensible ? Maintenant que je vous le raconte, j'ai honte, mais le reste du temps je n'y pense même pas. Et c'est ce qui me trouble. Maintenant…

Deux jours après, en me réveillant de bonne heure, je vois assise sur mon lit une fillette en chemise de nuit. Elle me demande si je crois en Dieu. Je crois que c'est un rêve et je lui parle de Dieu et d'autres choses. Puis elle se lève et s'en va dans les autres chambres : tout à coup éclatent en hurlements ma belle-mère, ma femme et la nourrice. Il devint clair que la fillette n'était pas un rêve. C'était la sœur de notre voisin d'appartement, l'instituteur Ilinski, qui était devenue folle. Maintenant tout le monde à la maison est dans la terreur et ferme la porte au verrou, bien qu'on ait emmené la malade à l'hôpital. Mais personne ne l'emmènera de ma mémoire.

Vous voyez que je vis une vie fantastique, absurde. Ma tête se trouble et j'envie votre tranquillité. Il me semble que la vie vous traite comme un saint, elle ne touche pas à votre solitude, elle connaît votre paisible amour des hommes et ne veut pas le troubler en vous bousculant. Peut-être me trompé-je. Peut-être ne vous épargne-t-elle pas, et va-t-elle heurter le plus délicat de votre sensibilité. Je vous envie parce que je commence à trouver que la vie se soucie un peu trop de me rassasier d'émotions. Parfois, savez-vous, la tête me tourne, tout s'embrouille et je ne me sens pas trop bien.

Il y a aussi que je sens combien les gens sont bêtes. Ils ont besoin de Dieu pour vivre avec moins de peine. Et ils le nient et se moquent de ceux qui l'affirment. Soloviov. Je suis en train de le lire. Quelle intelligence, quelle finesse ! Je lis D'Annunzio : c'est beau, mais incompréhensible. Dieu est nécessaire, Anton Pavlovitch, qu'en pensez-vous ? Mais laissons cela. Et pardonnez-moi cette lettre informe et décousue, qui va déverser sur vous un torrent de boue. Pardonnez-moi. Je ne suis qu'une brute.

J'achèterai dès demain le livre de Daniline, je le lirai et vous raconterai mes impressions. En toute tranquillité. À Moscou j'ai fait la connaissance de Brioussov. Il m'a beaucoup plu : modeste, intelligent, sincère. Les éditions du Scorpion – Brioussov et les autres décadents – projettent un almanach. Ils me demandent un récit. Je le leur donnerai. Sans faute. On me le reprochera. Mais j'ai vraiment un peu trop de popularité. À ce propos, comme Menchikov a raison quand il indique que je dois ma popularité, pour une large part, à mon autobiographie publiée dans la presse. Et il a raison de me reprocher mon romantisme, quoiqu'il ait tort quand il dit que je le dois à l'intelligentsia. Je ne vois pas où est son romantisme et je n'ai rien à faire avec elle !

Je n'irai pas à *La Semaine*, en aucun cas. Je n'aime pas Menchikov à cause de Viazemski et à cause de Jedenov. Il est méchant ce Menchikov. Et il a tort de faire son petit Tolstoï, cela ne lui va pas ; à mon sens, cela ne lui sert qu'à brider un talent rare et passionné.

J'écris une nouvelle, j'aurai bientôt fini. Je m'attellerai aussitôt à un drame, que je veux dédier à Dantchenko. Et vous, Anton Pavlovitch, que devenez-vous ? Avez-vous écrit quelque chose ? Possé m'a montré vingt fois le télégramme dans lequel vous lui promettez quelque chose pour octobre. Il est heureux comme un enfant. Et moi aussi. Vous ne m'envoyez pas les épreuves de l'édition Marx, malgré votre promesse. Bon, tant pis. De toute façon je n'aurais pas le temps d'écrire un article. Mais cet été je ficherai le camp quelque part au fond des bois, je lirai le tout, et je me mettrai à écrire avec volupté, avec joie. Qu'il fait bon travailler ! Voyez, j'écris et je suis très content, quoique la nouvelle s'annonce longue et ennuyeuse. Ce qui me gêne, c'est que je n'arrive pas à lui trouver un titre.

Quoi qu'il en soit, il est temps de vous laisser en repos. Au revoir !

Dieu vous donne le bonheur. Allez en voyage n'importe où. Je vous embrasse bien fort.

A. PECHKOV.

54

M. Gorki à A. Tchekhov.

Nijni-Novgorod, octobre 1900.

J'ai été à Moscou, mais je n'ai trouvé nulle part le livre de Danilov. Pouvez-vous me l'envoyer, je vous le retournerai quand je l'aurai lu ?

J'ai été à Iasnaia Poliana. J'en ai rapporté une masse énorme d'impressions où je ne puis encore me retrouver. Seigneur ! Quelle fripouille entoure Léon Nikolaievitch ! J'ai passé là un jour entier du matin au soir à observer cette bassesse, cette hypocrisie. L'un d'eux était un directeur de banque. Il ne fumait pas, ne mangeait pas de viande, gémissait de n'être pas hottentot mais civilisé et européen et, quand il parlait de la corruption de la société, il se prenait la tête avec effroi. Et moi je le regardais et je ne sais pourquoi j'avais idée qu'il était ivrogne, gourmand et qu'il fréquente chez Aumont. Nous sommes partis ensemble le soir pour la gare, en route il a allumé voluptueusement une cigarette et il s'est mis à se moquer des végétariens de façon ignoble. Il avait avec lui sa fille, une jeune fille de dix-sept ans, belle et sans doute très pure. À la gare, en attendant le train, obéissant à la conviction bien arrêtée qu'il était menteur, je me suis mis à parler d'Aumont, et je l'ai pris sur le fait ! Mais oui, il court les cabarets, il a même sauvé une fille de chez Aumont, il lui a même donné 900 couronnes, pour son salut. Il ment la canaille ! Pour son salut ! Comme tout son récit était bas, faux ! Et tout cela devant sa fille, devant une jeune fille ! Il y en avait un autre, un marchand à demi idiot, lui aussi misérable et répugnant. Comme ils se tiennent ! Le laquais de Tolstoï vaut mieux qu'eux, les laquais ont davantage le sentiment de la dignité personnelle. Ces gens-là sont des esclaves-nés, ils rampent sur le ventre, ils s'attendrissent, ils sont prêts à baiser les genoux, à lécher les pieds du comte. Et tout cela par hypocrisie, car ils n'en ont pas besoin. Que font-ils là ? Pareils à des scorpions, à des scolopendres, ils viennent ramper au soleil, mais les bêtes même hideuses se tiennent tranquilles, tandis qu'eux font du bruit en se tortillant. Sale impression !

La comtesse m'a beaucoup plu. Auparavant je ne l'aimais pas, maintenant je vois en elle quelqu'un de fort et de sincère, je vois en elle une mère, gardienne fidèle des intérêts de ses enfants. Elle m'a beaucoup parlé de sa vie : point une vie facile, il faut dire le vrai ! Il me plaît aussi qu'elle dise : « Je ne peux pas supporter les tolstoïens, leur fausseté et leur hypocrisie me répugnent. » Et ce disant elle ne craint pas que l'entendent les tolstoïens assis près d'elle, et cela augmente le poids et le prix de ses paroles.

Léon Lvovitch ne m'a pas plu. Il est sot et vaniteux. Une petite comète qui n'a pas de route à soi, plus insignifiante encore dans l'éclat de ce soleil auprès duquel elle se trémousse vainement. Les articles de Lev Nikolaievitch, *L'Esclavage moderne*, *La Racine du mal*, « Tu ne tueras point » m'ont fait l'effet de naïves dissertations de collégien. C'est mauvais, inutile, monotone et fatigant, et cela lui va si mal ! Mais lorsqu'il s'est mis à parler de Mamine, alors Dieu sait comme il a été bien, lumineux, vrai, fort. Et lorsqu'il s'est mis à raconter le contenu du *Père Serge*, il a été prodigieusement fort, et je l'ai écouté fasciné par la beauté du récit, par sa simplicité, et par l'idée. Je regardais le vieillard comme on

contemple une cascade, une force créatrice élémentaire.
Cet homme est étonnamment grand, il vous prend par la
vie de son intelligence, il vous saisit à ce point qu'on se
dit qu'un autre Tolstoï est impossible. Mais il est cruel !
À un certain endroit du récit où avec la froide fureur
d'un Dieu il traîne dans la boue son Serge après l'avoir
préalablement torturé, j'ai failli pleurer de pitié. Non,
Léon Tolstoï n'aime pas les hommes. Il est seulement
leur juge, un juge cruel, un juge effrayant. Je n'aime
pas ses propos sur Dieu. Quel est ce Dieu ? C'est une
particule issue du comte Léon Tolstoï, mais ce n'est pas
Dieu, ce Dieu sans lequel les hommes ne peuvent vivre.
Il disait de lui, Léon Nikolaievitch : je suis un anar-
chiste. En partie, oui. Mais en ruinant certaines règles il
en établit d'autres aussi sévères, aussi lourdes ; ce n'est
pas de l'anarchisme, c'est des manières de gouverneur.
Mais *Le Père Serge* cache tout cela.

Il a parlé de vous paternellement, avec de la tendresse
dans la voix. Il parle bien de vous. Il m'a engueulé pour
mon *Moujik* – fort bien aussi. J'ai entendu dire à Moscou
que vous y viendriez bientôt. Quand exactement ?

On m'a dit de différents côtés que la 39e représentation d'*Oncle Vania* avait été admirablement réussie.
On dit que Vichnevski a joué sans cris ni tapage, que
Loujski, dans la scène qu'il joue avec lui, a pâli d'effroi,
puis pleuré de joie. Tout le monde pleurait, public et
acteurs. Je finis par avoir envie de m'installer à Moscou
rien que pour ce théâtre. Allons, au revoir !

Je vous serre la main bien fort. Saluez nos amis de
Yalta.

Envoyez-moi Danilov.

Votre A. PECHKOV.

55

A. TCHEKHOV à M. GORKI

Yalta, 16 octobre 1900.

Cher Alexis Maximovitch,

Je vous envoie Daniline. Quand vous l'aurez lu, renvoyez-le à l'adresse suivante : « Bibliothèque municipale, Taganrog. » Et en bas, sous l'adresse, ajoutez : « de la part de A. Tchekhov ».

Eh bien, mon cher Monsieur, le 21 de ce mois je pars pour Moscou et de là pour l'étranger. Figurez-vous que j'ai écrit une pièce. Seulement, comme on ne doit pas la donner avant la saison prochaine, je ne l'ai pas recopiée au propre. Elle attendra. J'ai eu un mal affreux à écrire ces *Trois Sœurs*. Pensez donc : trois héroïnes, chacune doit avoir son type propre, et toutes les trois filles de général ! L'action se passe dans une ville de province, dans le genre de Perm ; comme milieu, le monde des officiers (d'artillerie).

Le temps à Yalta est merveilleux, frais ; ma santé s'est rétablie. Je n'ai même pas envie de partir pour Moscou, le travail va si bien, et il est si agréable de ne plus sentir ces… démangeaisons, qui m'ont poursuivi tout l'été. Je ne tousse même plus et mange même déjà de la viande. Je vis seul, tout à fait seul. Ma mère est à Moscou.

Merci de vos lettres, mon cher, grand merci. Je les ai lues deux fois. Saluez votre femme et Maximok. Eh bien donc, au revoir, à Moscou. J'espère que vous ne vous moquez pas, que nous nous verrons.

Dieu vous garde !

Votre A. TCHEKHOV.

56

A. Tchekhov à M. Gorki.

Yalta, 18 mars 1901.

Cher Alexis Maximovitch,

Où êtes-vous ? Voici longtemps que j'attends une lettre de vous, aussi longue que possible, et je ne vois rien venir. J'ai lu vos *Trois destinées* avec grand plaisir – pensez-y, avec un énorme plaisir.

Vous allez avoir bientôt le vrai printemps russe, nous, nous avons déjà le printemps de Crimée avec toute son ardeur ; le printemps d'ici est comme une belle Tatare : on peut y prendre son plaisir, et tout ce qu'on veut, mais pas l'aimer.

On m'a dit qu'à Pétersbourg puis à Moscou vous étiez maussade. Écrivez-moi de quoi il retourne ; je sais peu de chose, presque rien, comme il convient à un Russe qui vit en Tatarie, mais je pressens bien des choses.

Permettez-moi donc d'attendre une lettre de vous.

Saluez votre femme, je lui souhaite ainsi qu'à Maximok toute sorte de bien et surtout la santé.

Portez-vous bien.

Votre Tchekhov.

57

M. Gorki à A. Tchekhov.

Nijni-Novgorod, fin mars 1901.

Il y a longtemps que je me dispose à vous écrire, cher Anton Pavlovitch, mais voyez-vous je suis en ce moment dans un tel état que je suis absolument incapable de me concentrer. Je passe mes journées crispé dans l'attente d'un événement, chaque jour j'entends des propos et des nouvelles invraisemblables, mes nerfs sont tendus à se rompre et je vois tous les jours une dizaine de personnes, sinon plus, aussi énervées que moi-même. Hier notre gouverneur a ramené de Pétersbourg quelques nouvelles précises : Viazemski est exilé ; contre les 43 et les 39 écrivains qui ont signé la lettre condamnant l'action de la police le 4 mars on se propose de monter un procès en provocation à la rébellion, dans les forces de la garde règne un vif mécontentement à la suite des dernières ordonnances, et en particulier à cause de la participation d'un détachement de la garde du corps cosaque à la bataille du 4. Il existe une loi qui interdit aux troupes d'obéir aux ordres de personnes étrangères à l'armée, vous avez sûrement lu les circulaires de Dragomirov, par où il rappelait fréquemment aux troupes de sa subdivision l'existence de cette loi. Or le 4 les cosaques étaient commandés par Kleigels. Ses camarades ont mis Isseiev en demeure de quitter le régiment. En général, il faut le reconnaître en conscience, le corps des officiers se conduit très correctement. À l'interrogatoire des personnes arrêtées pour l'affaire du 4 on a demandé principalement quel rôle avait joué Viazemski dans la bagarre et quels étaient les deux officiers qui avaient tiré le sabre pour protéger la foule et s'étaient battus avec les cosaques. J'ai vu l'un d'eux au moment où il se frayait un passage à travers le barrage de gendarmes. Il était tout couvert de sang et son visage était littéralement défiguré à coups de nagaïka. Les témoins rapportent que l'autre officier frappait sur la gueule des cosaques à coups de pommeau de sabre en criant : « Tapez dessus, ils sont saouls ! Ils n'ont pas le droit de nous frapper, nous ne faisons rien ! » Un officier d'artillerie désarçonna sous mes yeux un gendarme d'un coup de sabre (au fourreau). Tout au long de l'échauffourée les officiers tirèrent les femmes de dessous les chevaux, arrachèrent les détenus des mains de la police, bref se conduisirent très bien. Il en fut de même à Moscou, où les officiers s'excusèrent presque devant la foule chassée dans le Manège, indiquant que s'ils étaient contraints de se soumettre aux commandements de la police, c'était en raison de l'ordre du commandant en chef, et non en vertu du règlement militaire. Voici quel fut le rôle de Viazemski : au moment où N. F. Annenski se jeta au secours de Pechekhonov abattu, Viazemski se lança à sa suite et cria à Kleigels de mettre fin à cette infamie. Et quand Annenski roué de coups l'eut rejoint, Viazemski l'amena à Kleigels et dit à celui-ci son fait, l'accusant à haute voix de sauvagerie, d'abus de pouvoir, etc. Tougan et Strouvé ont été relâchés. Les personnes arrêtées sont exilées de Pétersbourg. On s'attend à de nouveaux troubles à Pétersbourg pour Pâques. De même à Kiev, Ekaterinoslav, Kharkov, Riga et Riazan où la foule, de concert avec les étudiants exilés, a déjà fait un esclandre lors des prières pour la santé de Pobedonostsev. Chez nous aussi des désordres sont possibles. Il y a ici près de 70 étudiants, faméliques, battus, excités, et qui excitent la foule. Je vous en prie, Anton Pavlovitch, rassemblez de l'argent pour les étudiants affamés, ici les sources s'épuisent. Il y a en ce moment une session à Yalta, on doit pouvoir ramasser 100 ou 200 roubles. À Moscou et à Pétersbourg on a collecté beaucoup, il est inutile d'y envoyer l'argent.

Je viens de recevoir une lettre de Vladimir. Les membres des zemstvos qui ont signé le télégramme à Annenski sont mis en demeure de renoncer à leurs charges. On dit qu'il en sera de même des nôtres. Ici à Nijni nous allons en outre payer pour le télégramme de sympathie que nous avons adressé à l'Union : la remise au destinataire a été interdite, comme j'en ai été avisé officiellement. Malgré la répression et grâce à elle l'esprit d'opposition croît rapidement.

L'enquête sur l'affaire du 4 mars a établi le chiffre exact des victimes : 62 hommes et 34 femmes, dont 4 tués, l'étudiant des Arts et Métiers Stelling, l'étudiant en médecine Annenski, une lycéenne et une vieille femme ont été écrasés par les chevaux. La police, les gendarmes et les cosaques ont eu 54 blessés. Tout cela en trente ou quarante minutes, pas davantage ! Jugez vous-même combien la mêlée a été ardente ! Jamais de ma vie je n'oublierai cette bataille ! On s'est battu sauvagement, férocement aussi bien d'un côté que de l'autre. Ils saisissaient les femmes par les cheveux et les fouettaient de leurs nagaïkas, à une lycéenne que je connais ils ont battu le dos comme un traversin, jusqu'au sang, une autre a eu la tête fendue, une autre encore un œil arraché. Mais bien qu'on ait la gueule en sang, on ne sait pas encore qui l'a emporté.

Allons, en attendant, au revoir ! J'aurais bien voulu vous voir. Je vous serre la main bien fort. Je vous en prie, faites les démarches pour l'argent. Nos vieux-croyants ont envoyé au tsar une pétition pour la tolérance, signée de 49 473 noms. La police recherche fort l'instigateur et le rédacteur. D'une façon générale la police a beaucoup de soucis. J'espère qu'elle en aura davantage encore. La vie a pris un caractère tendu, pesant. On croit sentir tapi quelque part près de soi, dans l'ombre des événements, un monstrueux fauve noir qui attend et se demande qui il va dévorer. Les étudiants sont des types épatants. Les meilleurs dans les jours que nous vivons, car ils marchent sans peur, à la victoire ou à la mort. Peu importe la victoire ou la mort, cela ne compte guère : ce qui compte, c'est la lutte, car la lutte c'est la vie. Et on vit fameusement !

Allons, au revoir, au revoir, cher Anton Pavlovitch, que Dieu vous donne la santé, du goût au travail, et le bonheur, car il n'est jamais trop tard pour être heureux. Bonne chance, bonne chance, excellent homme que vous êtes. *Les Trois Sœurs* rendent admirablement. Mieux qu'*Oncle Vania*. Ce n'est pas de la comédie, c'est de la musique. Je vous écrirai plus tard sur ce sujet, quand j'aurai un peu repris mes esprits.

A. Pechkov.

58

A. Tchekhov à M. Gorki.

Piany Bor, 28 mai 1901.

Cher Alexis Maximovitch,

Je suis au diable, à Piany Bor, je dois rester là jusqu'à cinq heures du matin, et il n'est que midi !

Dolgopolov a pris les billets jusqu'à Piany Bor, alors qu'il fallait les prendre seulement jusqu'à Kazan et là prendre le bateau d'Oufa. Je suis sur le quai, dans la foule, à côté de moi un tuberculeux crache par terre, il pleut – en un mot je ne pardonnerai jamais ça à Dolgopolov.

Écrivez-moi à Axenovo comment vont vos affaires, comment se sent Ekaterina Pavlovna.

Ma femme vous envoie ses amitiés et son profond salut.

Rester ici, à Piany Bor, oh, c'est affreux, cela ressemble à mon voyage en Sibérie...

De jour passe encore, mais de nuit, qu'est-ce que ça va être !

Votre A. TCHEKHOV.

59

A. TCHEKHOV à M. GORKI.

Axenovo, gvt. d'Oufa, 8 juin 1901.

Salut, cher Alexis Maximovitch. Je suis à Axenovo, je bois du koumis, et j'ai déjà repris 8 livres. Je vous répète mon adresse : Axenovo, gvt. d'Oufa. Vie abondante, mais assommante.

Dans quelques jours passera à Nijni l'écrivain Ivan Chtcheglov (Leontiev) qui, à ce qu'il paraît, cherchera à vous voir. Il m'a demandé votre adresse. Je la lui ai envoyée. Il est plein de bizarreries, mais c'est un très brave homme, et avec cela il est pauvre.

Ma femme vous envoie ses salutations ainsi qu'à Ekaterina Pavlovna et vous prie de nous écrire comment vous allez et quel bébé vous est né – garçon ou fille. Je vous envoie mes amitiés et mes bien profondes salutations. Où êtes-vous maintenant? Envoyez votre adresse si vous avez déménagé.

Envoyez-moi votre pièce, fût-ce en fragment. Nous l'attendons avec grande impatience. Envoyez aussi quelque livre à lire, ici il n'y a presque rien, c'est une misère. N'est-il pas possible de s'abonner à *La Gazette de Nijni* pour un mois?

Dites à L. V. Srédine, qui ira vous voir, de n'aller en aucun cas à Piany Bor, mais de continuer par Samara. Dites-lui que nous l'attendons avec impatience, bien que nous sachions qu'il ne se plaira pas ici. Qu'il essaie, si ce n'est pas à son goût, il pourra s'en aller. Nous lui avons déjà préparé un pavillon. Le koumis n'est pas désagréable, cela se laisse boire, mais ce qui est désagréable, c'est qu'il faut en boire beaucoup.

Je vous serre la main bien fort et je vous embrasse, mon bon ami.

Gardez-vous en paix et en santé.

Votre A. TCHEKHOV.

60

A. TCHEKHOV à M. GORKI.

Axenovo, 18 juin 1901.

Cher Alexis Maximovitch,

Voici ce que m'écrit Marx: « Je serais désireux d'acquérir les droits de propriété sur les œuvres de

M. Gorki, mais malheureusement je ne connais pas personnellement A. M. Pechkov. C'est pourquoi je dois avoir recours à votre aimable obligeance : j'espère que vous ne verrez pas d'inconvénient à transmettre ma proposition à A. M. Pechkov et à nous aider ainsi à entrer en rapport. Au cas où A. M. Pechkov la recevrait favorablement, ne pourrait-il me communiquer ses conditions ? »

Répondez-moi, je lui écrirai.

Écrivez-moi comment vous allez, où vous êtes et ce que fait Ekaterina Pavlovna. Olga vous envoie ses salutations et ses meilleurs vœux.

Portez-vous bien et que Dieu vous garde.

Votre A. Tchekhov.

61

M. Gorki à A. Tchekhov.

Nijni-Novgorod, le 27 juin 1901.

Cher Anton Pavlovitch,

J'ai reçu seulement aujourd'hui 27 votre lettre du 18. Votre correspondance m'arrive par la direction de la gendarmerie, décachetée et lue ; ils retiennent les lettres et les télégrammes jusqu'à cinq jours. Quand vous m'écrirez, écrivez au nom de ma femme, je vous en prie. Mes lettres disparaissent aussi en grande quantité, si bien que je n'espère pas que celle-ci vous parvienne. En ce qui concerne la proposition de Marx, je me refuse absolument à avoir affaire à lui, quelles que soient les conditions qu'il me propose. Bien plus, Srédine m'a dit un mot des conditions auxquelles vous avez cédé vos livres à Marx, et moi voici ce que je vous propose : envoyez ce fripon de Marx à tous les diables. Piatnitski, le directeur du Savoir, dit que Marx, en tirant vos livres à 40 000 par édition, a couvert depuis long-temps les sommes qu'il vous a versées. C'est du vol, Anton Pavlovitch ! Et vous ne devez pas user vos forces pour que cet Allemand en tire profit. C'est pourquoi au nom du Savoir et au mien propre je vous propose ceci : rompez le contrat avec Marx, rendez-lui l'argent que vous avez touché, davantage même s'il le faut. Nous vous procurerons tout l'argent dont vous aurez besoin. En échange confiez-nous l'édition de vos livres ou plu-tôt entrez au Savoir comme compagnon et soyez votre propre éditeur. Vous toucherez tout le bénéfice et vous ne supporterez aucun des soucis de l'édition tout en res-tant entièrement le maître de vos œuvres. Le Savoir y mettra seulement sa marque et diffusera avec elles ses catalogues : c'est là l'avantage, l'énorme avantage, qu'il tirera de l'opération. Vous resterez, dis-je, le maître absolu de vos œuvres et, je le répète, tout le bénéfice vous appartient. Vous pourriez abaisser le prix de vos livres en les éditant en plus grand nombre, on vous lit aujourd'hui à la campagne, la plèbe des villes vous lit, et 1,75 rouble c'est cher pour ce lecteur-là. Mon ami, envoyez votre Allemand au diable. Bon Dieu, il vous vole. Il vous pille effrontément. Pensez donc : pour une seule édition j'ai touché 17 000. Je vous assure.

Le Savoir peut vous garantir immédiatement un certain revenu annuel fixé par vous, mettons 25 000 ; pensez-y, cher Anton Pavlovitch ! Et comme ce serait chic : vous, moi, Piatnitski et Possé ! Mais laissons cela.

Tenez, Anton Pavlovitch, éditons un Almanach. D'après Srédine vous avez un conte tout prêt, j'en écrirai un, puis Bounine, Andreiev, Veressaiev, Telechov, Tchirikov et encore un autre. Nous incorporerons les honoraires de chacun dans le prix du recueil, et nous partagerons le bénéfice à égalité : ainsi s'il y a 2 000 de bénéfice et si le recueil fait 10 feuillets, cela fait 200 roubles par feuille. Qui aura écrit 2 feuilles touchera 400 roubles, qui en aura écrit une demie 100 roubles, plus les honoraires ordinaires, 700 pour vous, 200 pour moi, etc. Le Savoir éditera l'Almanach à crédit, une bonne édition, nous y mettrons des reproductions de bons tableaux, imprimées à l'étranger. Qu'en pensez-vous ?

J'ai chez moi Srédine et sa femme, on calfeutre la maison et toute la journée il y a chez nous un bruit d'enfer. Mais cela ne nous empêche pas de vivre. Srédine a pris environ 5 livres et je me sens en fort bon état. Ma femme a mal au foie, ma fille braille, Maximka polissonne, et ma pièce n'avance toujours pas. Demain arrivera probablement Alexine, Nesterov se prépare à venir, N. K. Mikhaïlovski est reparti. Société diverse et profitable.

Mon ami Petrov-Skitalets, auteur de vers effrayants, est toujours en prison, c'est une pierre sur mon cœur. J'ai fait connaissance avec un des gendarmes : c'est un brave type et sa femme, figurez-vous, a été en quelque sorte mon élève – j'ai traîné avec elle quand elle était une gamine de quatre à sept ans. Aujourd'hui elle est étonnamment belle, intelligente, bonne et elle souffre fort du sale métier de son mari.

Mon cher ami, ayez la bonté d'envisager sérieusement ce que je vous ai écrit de Marx et du Savoir. Croyez bien que tout cela n'est point de mes fantaisies, mais une affaire solide. Elle est aisée à réaliser si l'Allemand ne vous tient pas pieds et poings liés. Avouez : pourquoi faut-il que vous l'enrichissiez ? Avec beaucoup d'argent vous pourriez monter quelque bonne et grande entreprise, dont des centaines et des milliers de gens tireront profit, et pas ce singe cupide tout seul. J'attends votre réponse. En ce qui concerne le contrat, je vous recommande de le montrer à Piatnitski et non à un avocat.

Dites à Olga Leonardovna que je baise ses jolies pattes et lui souhaite le bonheur, une quantité de bonheur ! tout comme à vous. Ma femme vous envoie ses salutations. On m'expédie en Suisse. Je vous serre la main bien fort, homme extraordinaire que vous êtes. Écrivez au nom de ma femme.

A. Pechkov.

Les Srédine me prient de vous transmettre leurs salutations.

62

A. Tchekhov à M. Gorki.

Yalta, 24 juin 1901.

Pardonnez-moi, cher Alexis Maximovitch : si je ne vous ai pas écrit de si longtemps, si je n'ai pas répondu à votre lettre, c'est pour une raison légitime, encore que détestable : j'étais souffrant. À Axenovo je me

sentais en bon, très bon état, mais ici à Yalta je me
suis mis à tousser, etc., j'ai maigri et, à ce qu'il paraît,
je ne suis plus bon à rien. Il y a un point de votre dernière lettre pour lequel vous attendiez sans doute une
réponse : c'est celui qui concerne l'édition de mes
œuvres et Marx. Vous écrivez : reprenez-les. Mais
comment ? J'ai déjà touché et presque dépensé tout
l'argent ; quant à emprunter 75 000 roubles, je ne vois
pas où les prendre car personne ne les donnera. Et puis
je n'ai pas envie de me lancer dans cette affaire, dans
ces disputes et ces démarches, je n'en ai ni le désir ni
l'énergie, ni la conviction que ce soit vraiment utile.

Je relis les épreuves pour Marx, je remanie ici et là.
Ma toux a l'air de vouloir cesser. Ma femme s'est mon-
trée très bonne, très prévenante, et cela m'est doux.

En septembre j'irai à Moscou et j'y resterai jusqu'à
la mi-novembre, si le temps le permet, puis j'irai en
Crimée ou quelque part à l'étranger. Je voudrais beaucoup vous revoir, oui vraiment beaucoup. Écrivez-
moi où vous allez, où vous serez d'ici l'automne et en
automne, et si je n'aurai pas l'occasion de vous rencontrer. Et quand m'enverrez-vous la fin de *Trois destinées* ? Vous l'avez promis, ne l'oubliez pas. L'oncle
de mon Olia, un docteur allemand, qui déteste tous les
écrivains d'ici, y compris Léon Tolstoï, se montre tout
à coup ravi de *Trois destinées* et chante partout vos
louanges. Où est Skitalets ? C'est un excellent écrivain, il serait désolant et vexant qu'il mourût.

Griffonnez-moi ne serait-ce qu'une ligne, mon bon
ami, un peu de courage. Amitiés à votre femme et à vos
enfants, que Dieu les protège.

À Yalta il fait un temps étonnant, il pleut à verse.

Je vous serre la main bien fort et vous souhaite toute sorte de prospérité et surtout le succès et la santé. Je vous embrasse.

Votre A. TCHEKHOV.

63

M. GORKI à A. TCHEKHOV.

Nijni-Novgorod, août 1901.

Cher Anton Paviovitch,

75 000 roubles, nous les trouverons, c'est une bagatelle, pour peu que vous ayez le désir de ne pas laisser l'Allemand vous dévaliser. Et il vous pille de façon éhontée. J'ai déjà écrit au directeur-administrateur du Savoir, Piatnitski, d'agir pour se procurer l'argent. Je pense que vous n'avez pas à traiter personnellement avec Marx pour l'annulation du contrat, il suffit que vous donniez pouvoir à Piatnitski, il vous retournera votre engagement et vous serez à nouveau maître de votre sang et de votre chair.

Avec quelle volupté j'arracherais sa caboche vide à Sergueienko qui vous a entraîné dans cette histoire ! Et je flanquerais volontiers à Marx une claque sur son crâne chauve !

Anton Pavlovitch, ne pensez-vous pas que vous pourriez envoyer à Konstantin Petrovitch Piatnitski, Nevski 92, aux éditions Savoir, copie de votre contrat avec Marx ? Ou bien voulez-vous que Piatnitski et moi venions vous voir ? Si cette dernière solution vous sourit, télégraphiez à lui et à moi (ou seulement à moi), et nous viendrons.

Dès réception de votre télégramme j'adresserai au ministre une demande d'autorisation de circuler et j'irai vous voir aussitôt.

Je baise les jolies pattes d'Olga Leonardovna, ma femme l'embrasse, et vous serre la main bien fort.

Nous vivons ici dans des nuages de fumée, dans d'épais nuages lourds qui nous volent le soleil, l'air, l'horizon, tout. Mais nous nous sentons parfaitement bien, bien que nous toussions à l'envi.

Je vous embrasse et attends votre réponse.

Votre Maximytch.

64

M. GORKI à A. TCHEKHOV.

Nijni-Novgorod, début septembre 1901.

Cher Anton Pavlovitch,

La Direction de la police m'a enjoint de quitter immédiatement Nijni pour un chef-lieu d'arrondissement de la province à mon choix. Le délai qu'ils fixent à mon exil n'est pas précisé, aussi (et j'ai quelques autres raisons de le penser) il faut infailliblement m'attendre à être envoyé au printemps passer une couple d'années à Viatka ou à Arkhangelsk. Ces contingences ne m'empêchent pas de vivre, ne me troublent pas le moins du monde et, en somme, je m'en fiche.

En attendant le printemps, je préférerais vivre en Crimée plutôt qu'à Sergatch ou à Loukoianov : c'est dans cette intention que j'ai déposé une demande d'autorisation de me rendre en Crimée. Ainsi il est possible que nous nous voyions bientôt. Je travaille à force à mon drame, et je sens qu'il ne sort pas. J'ai donné ma parole à Nemirovitch de le lui envoyer pour la fin septembre et je veux la tenir. En attendant, au revoir. Mes hommages à Olga Leonardovna. Si vous voyez Léon Nikolaievitch, transmettez-lui mes vœux sincères de santé.

Votre A. Pechkov.

Écrivez, je vous prie, au nom de ma femme, sans quoi mon courrier est toujours examiné par les gendarmes et arrive en retard. Je resterai ici certainement jusqu'en octobre pour avoir le temps de vendre mes affaires et de me mettre en route.

A. Pechkov.

65

A. Tchekhov à M. Gorki.

Moscou, 24 septembre 1901.

Cher Alexis Maximovitch,

Je suis à Moscou et c'est ici que votre lettre m'est parvenue. Mon adresse : Spiridonovka, maison Boïtsova. Avant mon départ de Yalta, j'ai été chez Léon Nikolaievitch, je l'ai vu ; la Crimée lui plaît fort et éveille en lui une joie purement enfantine, mais sa santé ne m'a pas plu. Il a beaucoup vieilli ; sa grande maladie, c'est la vieillesse qui déjà le tient. En octobre je serai de retour à Yalta, si on vous laisse venir ce sera parfait. En hiver il y a peu de monde à Yalta, personne ne vous persécute, ne vous empêche de travailler – c'est le premier point, le second c'est que Léon Nikolaievitch s'ennuie manifestement sans société, et que nous irions lui rendre visite.

Finissez votre pièce, mon ami. Vous sentez qu'elle ne sort pas, mais n'en croyez pas votre sentiment, il vous trompe. Habituellement une pièce ne plaît pas quand on l'écrit, et ne plaît pas davantage ensuite : aux autres de juger et de décider. Mais ne la donnez à lire à personne, à personne, envoyez-la directement à Moscou à Nemirovitch, ou bien à moi qui la transmettrai au Théâtre artistique. Après, si quelque chose ne va pas, on peut le changer au cours des répétitions et même la veille du spectacle.

N'avez-vous pas la fin de *Trois destinées* ?

J'envoie une lettre parfaitement inutile, comme celle que j'ai reçue.

Allons, Dieu soit avec vous. Portez-vous bien et, si c'est possible dans votre situation d'habitant d'Arzamas, soyez heureux. Hommages et amitiés à Ekaterina Pavlovna et aux enfants.

Votre A. TCHEKHOV.

Écrivez, je vous en prie.

66

M. GORKI à A. TCHEKHOV.

Nijni-Novgorod, fin septembre 1901.

Mon cher Anton Pavlovitch,

Si j'avais su plus tôt que vous étiez à Moscou! Je vous aurais demandé si vous ne pouviez venir jusqu'ici, pour une petite journée. J'ai terriblement envie de vous voir et de plus j'ai terminé mon drame, j'aurais voulu vous le faire entendre. Vendredi Nemirovitch voulait venir me voir, si seulement vous aviez pu venir avec lui!

Eh bien, mon drame a donné quelque chose de criard, d'agité, vide semble-t-il et ennuyeux. Il ne me plaît pas du tout. Il faut absolument que j'en écrive un autre cet hiver. Et si celui-là ne réussit pas j'en écrirai dix, mais j'arriverai à ce que je veux. Que ce soit élégant et beau comme de la musique.

Cette forme d'écriture m'a terriblement absorbé. Ce que j'ai pu me mettre en colère, et que de feuilles j'ai déchirées; quoique je voie clairement que tout cela est en pure perte, je continuerai. Je n'ai pas la fin de *Trois destinées*. La débâcle de *La Vie* a été si tempétueuse qu'il n'est même pas resté un feuillet, j'ai dû demander à l'imprimerie de m'envoyer ne fût-ce qu'une épreuve. Ils m'ont envoyé une épreuve de censure, tout en ratures. Je l'ai adressée au Savoir.

J'ai adressé au ministre de l'Intérieur une demande d'autorisation de séjour à Yalta, jusqu'au printemps. En même temps, j'ai averti les autorités locales que jusqu'à la réponse du ministre je ne bougerais de Nijni à aucun prix et qu'ils pouvaient m'envoyer à Arzamas en convoi si cela leur chante. Jusqu'ici ils ont enregistré ma déclaration et ils ne bougent pas.

Je pense pourtant que si le ministre ne m'autorise pas à partir pour Yalta, ils ne se gêneront plus et que je ferai la route à pied jusqu'à Arzamas. Je n'y vois pas d'inconvénient.

Ma femme est malade et cela m'inquiète fort, mais dans l'ensemble cela ne va pas mal, j'ai beaucoup travaillé ces temps derniers, fin août j'ai traîné avec Chaliapine. Il m'a beaucoup plu : simple, franc, un chic type.

Comment vous portez-vous ? Que ne puis-je vous avoir devant moi. J'en ai grande envie.

Je nourris l'espoir que nous nous reverrons bientôt à Yalta. Si seulement vous veniez faire un tour par ici ! Je vous appelle, et je crains de vous appeler. Car premièrement la route vous fatiguera peut-être, et deuxièmement les conditions dans lesquelles je vis doivent vous faire une impression détestable. Le bruit, le désordre. Et pourtant peut-être viendrez-vous avec Nemirovitch ? Vous me feriez rudement plaisir !

Je vous serre la main bien fort, merveilleux homme que vous êtes.

A. PECHKOV.

67

A. TCHEKHOV à M. GORKI.

Moscou, 22 octobre 1901.

Cher Alexis Maximovitch,

Cinq jours ont passé depuis que j'ai lu votre pièce, et je ne vous ai pas encore écrit pour la bonne raison que je n'ai pas pu mettre la main sur le 4e acte : je l'ai attendu, attendu, et je me suis lassé d'attendre. C'est ainsi que je n'ai lu que trois actes, mais c'est assez, je pense, pour juger la pièce. Comme je m'y attendais elle est très bonne, dans la manière de Gorki, originale, fort intéressante et, s'il faut commencer par ses défauts, je n'en ai encore noté qu'un qui soit sans rémission comme des cheveux roux sur une tête de rouquin : c'est le conservatisme de la forme. À des personnages neufs et originaux vous faites chanter une musique nouvelle habillée de vêtements usagés : vous avez 4 actes, les personnages débitent des moralités, on sent la peur des longueurs, etc. Mais tout cela n'est pas grave, tout cela est noyé, pour ainsi dire, dans les mérites de la pièce. Pertchikhine est ô combien vivant ! sa fille est charmante, Tatiana et Piotr de même, la mère est une magnifique vieille. La figure centrale de la pièce, Nil, est dessinée avec force, il est extraordinairement intéressant. En un mot la pièce passionne le lecteur dès le premier acte. Mais pour l'amour du ciel, ne laissez jouer le rôle de Pertchikhine à personne d'autre qu'à Artème, et il faut absolument que Nil soit joué par Alexeiev-Stanislavski. Ces deux personnages feront exactement ce qu'il faut. Piotr, c'est pour Meyerhold. Seulement le rôle de Nil, un rôle magnifique, doit être deux ou trois fois plus long, c'est par lui qu'il faut finir la pièce, il faut en faire le rôle principal. Mais ne l'opposez pas à Piotr et à Tatiana, qu'il se suffise à lui-même comme eux à eux-mêmes, tous sont des êtres remarquables, excellents, indépendamment les uns des autres... Lorsque Nil essaie de se mettre au-dessus de Piotr et de Tatiana et dit en aparté qu'il est un type, alors disparaît ce trait propre à l'honnête ouvrier de chez nous, la modestie. Il se vante, il dispute, mais on voit bien en cela quel homme c'est. Qu'il soit gai, qu'il fasse l'espiègle au long des quatre actes, qu'il mange beaucoup après le travail, et c'est bien assez pour conquérir le public. Piotr, je le répète, est bon. Vous ne soupçonnez probablement pas à quel point il est bon. Tatiana aussi est un personnage accompli, il faudrait seulement; 1º qu'elle soit justement institutrice, qu'elle enseigne aux enfants, qu'elle revienne de l'école, qu'elle ait avec soi des livres et des cahiers, et 2º qu'on dise dès le 1er ou le 2e acte qu'elle a tenté de s'empoisonner; ainsi après cette indication son empoisonnement au 3e acte ne surprendra pas et sera à sa place. Téterev parle trop, il faut montrer cette espèce de gens par bribes, en passant, car de toutes façons ces gens-là sont toujours épisodiques, dans la vie comme sur la scène. Faites déjeuner Hélène avec tout le monde au premier acte, qu'elle soit à table et plaisante, sans cela on la voit trop peu et son rôle n'est pas clair. Son explication avec Piotr est un peu brutale; à la scène elle prendrait trop de relief. Faites-en une femme passionnée, aimable sinon aimante.

Il vous reste encore du temps jusqu'à la représentation et vous aurez tout loisir de corriger votre pièce de bout en bout une bonne dizaine de fois. Quel dommage que je m'en aille ! J'aurais assisté aux répétitions et vous aurais écrit tout ce qu'il faut.

Je pars pour Yalta vendredi. Portez-vous bien et que Dieu vous garde. Respectueux hommages et amitiés à Ekaterina Pavlovna et aux enfants. Je vous serre la main bien fort et vous embrasse.

Votre A. Tchekhov.

68

M. Gorki à A. Tchekhov.

Nijni-Novgorod, fin octobre 1901.

Merci de votre lettre, Anton Pavlovitch !

J'ai été très heureux de la lire et particulièrement content de vos indications. Le fait est, voyez-vous, que ma pièce ne me plaît pas, mais pas du tout ; jusqu'à votre lettre je ne comprenais pas pourquoi, je la sentais seulement grossière et maladroite.

Maintenant je vois qu'effectivement Téterev tient trop de place, Hélène pas assez, que Nil est gâté par ses façons de raisonneur. Et le pire de tous est le vieux. Il est affreusement mauvais, au point que j'en ai honte pour lui.

Mais je vous retrouverai sous peu. On m'a accordé l'autorisation de séjour en Crimée jusqu'en avril, à l'exception de Yalta. Je partirai vers le 10 et m'installerai quelque part à Aloupka ou entre Aloupka et Yalta. J'irai vous voir en cachette de la police, j'irai sûrement :

je suis si content de vous revoir. Ces derniers temps m'ont beaucoup fatigué, vous savez, et je suis content de me reposer. Je projette une nouvelle pièce.

J'ai écrit à Iartsev pour lui demander de me chercher un logement, je liquide mes affaires, je vends mon bien, et en route.

En attendant je vous adresse tous mes vœux, tous mes souhaits. Je ne vous écrirai plus car j'ai la tête douloureuse et tout embrouillée.

Je vous serre la main bien fort. Saluez tous nos amis.

A. Pechkov.

69

M. Gorki à A. Tchekhov.

Oleiz, fin novembre 1901.

Cher Anton Pavlovitch,

Ayez la bonté de m'envoyer demain matin mon certificat de logement. Je n'ai pas pu aller chez vous aujourd'hui : on réglait la question du logement. Je viendrai demain vers 2 heures ou quand il vous sera commode.

A. Pechkov.

70

M. GORKI à A. TCHEKHOV.

Oleiz, fin décembre 1901.

Cher Anton Pavlovitch,

Avez-vous lu *La Lanterne magique* de Hahnhäuser dans *Les Nouvelles de Saint-Pétersbourg* du 25 ? C'est prodigieusement absurde et bas, jamais de ma vie je n'ai lu pareille ineptie. J'y sens quelque chose de laid, mais je n'arrive pas à saisir quoi.

Écoutez : ne pouvez-vous venir à Oleiz avec Maria Pavlovna fêter la nouvelle année ? Vous coucherez ici, nous vous installerons bien, au calme. Miroliouboy chantera, il y aura Alexine, Maguit, Balaban, Goldenhäuser, les Srédine, les Iartsev et c'est tout.

Venez si c'est possible, habillez-vous chaudement et mettez-vous en route. Si c'est oui, téléphonez à Oleiz.

Mes hommages à votre mère, transmettez mon billet à Maria Pavlovna.

A. PECHKOV.

71

M. GORKI à A. TCHEKHOV.

Oleiz, janvier 1902.

Cher Anton Pavlovitch,

La Revue du Sud annonce que vous allez lui donner prochainement un conte. Si c'est vrai, donnez-le-moi, et non à *La Revue du Sud*. Je ferai en sorte que votre conte paraisse *le même jour* dans *Le Courrier*, *La Revue du Sud*, *Le Journal de Samara*, *La Gazette de Nijni* et *Le Pays du Nord* et vous toucherez des honoraires de tous ces éditeurs. Il existe un accord entre ces journaux qui les oblige à partager les écrits de qualité. J'ai grande envie d'aller vous voir, mais pour le moment je ne puis. J'ai besoin au préalable de m'expliquer les raisons pour lesquelles le commissaire de Yalta a eu l'idée de me faire signer l'engagement de ne pas quitter Oleiz.

Répondez-moi pour le conte.

Votre A. PECHKOV.

72

M. Gorki à À. Tchekhov.

Oleiz, février 1902.

Anton Pavlovitch,

Je vous recommande Vassili Iakovlevitch Botchougarski.
Il a besoin de vous parler.

A. Pechkov.

73

M. Gorki à A. Tchekhov.

Arzamas, mai 1902.

Me voici à Arzamas, cher Anton Pavlovitch. Je
contemple les églises : il y en a 36. Quant aux habitants, il paraît qu'ils ont peur de moi et qu'à mon appa-
rition ils auraient dit : « Nous étions trop bien, ça ne
pouvait pas durer ; voilà que nous allons avoir aussi des
proclamations avec des révolutions. » Personne ne vient
me voir, que diverses personnes de basse condition, de
crainte que pareille visite ne soit compromettante, et je
m'en réjouis. Je vis pour moi, je casse du bois, pour la
gymnastique. Je crois que j'écrirai beaucoup, bien que
je n'aie pas encore commencé.

Ici c'est le calme, la paix, l'air est bon, il y a beaucoup de jardins avec des rossignols qui chantent et des espions qui se cachent sous les branches. Il y a des rossignols dans tous les jardins et des espions, semble-t-il, seulement dans le mien. Ils s'installent sous mes fenêtres dans l'obscurité nocturne et essaient d'apercevoir comment je sème la sédition par toute la Russie ; comme ils ne voient rien, ils toussent et épouvantent toute la maisonnée.

Gloire et honneur au ministère de l'Intérieur ! Il attire inlassablement sur moi l'attention de la population russe. À Arzamas on s'est mis à lire Gorki : on s'est dit : « Il faut le lire, bon Dieu ; sans quoi il finira par savoir qu'on ne l'a pas lu, et il nous traitera de brutes. » Et ils achètent mes livres, les pauvres gens. Moi, ça fait mon affaire !

Dans l'ensemble la vie ici est fort curieuse, il y a longtemps que je n'avais vu réunis au même endroit autant de gens obtus et naïfs. Venez donc. Nous avons une immense maison, quelque chose comme 12 pièces, et si vous trouvez qu'il fait ici trop chaud, poussiéreux et ennuyeux, nous vous enverrons au monastère de Ponotaievo – un endroit étonnant, à une vingtaine de verstes. On y trouve une rivière poissonneuse, des étangs, des jardins et 700 moines. Pensez un peu : 700. Ou bien vous irez à l'ermitage de Sarovo, autre lieu splendide – il y a là un bois de pins magnifique. Ici à Arzamas coule une rivière, la Tiocha, où les gamins excellent à attraper les perches, les brochets et les carassins. Nous prendrons une barque, je vous emmènerai sur la rivière, et quand nous arriverons à un endroit poissonneux, je lirai un livre pendant que vous attendrez que morde une perche. Charmant séjour, ma foi ! Le lait est très bon, et il y a beaucoup de gibier. Nous ne cessons de manger des bécassines et des gélinottes. C'est pour rien !

Venez donc. Prenez avec vous la tante Olga, elle préparerait ses rôles et se referait la santé en se promenant avec ma femme, qui est maigre comme une aiguille.

Nous pourrions nous organiser merveilleusement : dans le jardin, sous le vieux tilleul, nous pendrons des hamacs, et nous contemplerons en silence les cieux d'Arzamas. Et nous inventerons encore bien d'autres plaisirs. Au cas où vous envisageriez sérieusement de venir ici, j'enverrais ma femme à Nijni à votre rencontre.

Dites à la tante Olga que je n'ai pas la photo qu'elle m'a demandée pour Mme Ixkoul. J'ai été pris dans cette pose par un photographe d'Aloupka, Vinogradov ou Ponomarev, je ne sais plus. Mais comme ils ne sont que deux à Aloupka, ce sera aisé à savoir. Si bien qu'il lui est plus facile qu'à moi de se procurer elle-même cette photo, elle peut même tout régler par téléphone. Apportez-la-moi ensuite si vous venez, sinon envoyez-la-moi. Et en attendant, bonne chance. J'attends votre réponse. La meilleure serait d'arriver vous-même. Vrai, il vous faut sortir de cet absurde trou, vous devez en avoir assez. Et ma femme me prie de vous écrire que nous avons une cuisinière excellente, c'est elle qu'on fait venir dans les monastères quand l'archevêque vient en visite. Voilà. Je vous donne ma parole qu'à tous égards il fait meilleur ici que chez vous, il ne manque que la mer. Par contre il y a des étangs avec des grenouilles – à crier au miracle : de la taille du prince Liven, vrai !

Saluez nos amis de Yalta. Je leur envoie à tous mes profondes salutations et voudrais les voir tous à Arzamas

– pas sous surveillance policière, d'ailleurs, car je ne suis pas méchant.

Je vous serre la main bien fort.

A. PECHKOV.

Dieu, que cette vie donne de souci! Je souhaite que la tante Olga se remette bien vite, et qu'elle ait envie de venir ici. Vous de même.

Comme je m'attends à quelques surprises, au cas où elles se produiraient ma femme vous en avisera en temps utile.

74

A. TCHEKHOV à M. GORKI.

Moscou, 2 juin 1902.

Cher Alexis Maximovitch,

J'ai reçu votre lettre à Moscou, où je suis depuis cinq jours.

Il n'y a absolument pas moyen d'aller à Arzamas, car ma femme Olga est *très* malade. La nuit dernière elle souffrait un tel martyre que les autres auprès d'elle souffraient aussi; demain je l'enverrai à la clinique de Strauch, puis à Franzensbad.

Écrivez-moi encore, mon ami, ne serait-ce qu'une ligne. Mon adresse: Moscou, passage Neglinny, maison Gonetskoï. Il y a quelques jours j'ai vu un monsieur qui connaît Pleve, et le connaît bien; il dit que votre surveillance sera bientôt levée. Dans quelle mesure c'est vrai, je ne me risquerai pas à en juger, mais je pense que s'il y a à Arzamas une rivière et un jardin, on peut se réconcilier même avec la surveillance policière.

Profonds saluts et sincères amitiés à Ekaterina Pavlovna, à Maximka et à la fillette. Je vous serre la main bien fort et vous embrasse. Hier j'ai eu la visite d'un ancien chanteur, il viendra dîner aujourd'hui. C'est un homme excellent, plein de talent et intéressant.

La veille de mon départ de Yalta j'ai eu la visite de Korolenko. Nous nous sommes consultés et nous allons probablement écrire ces jours-ci à Pétersbourg pour donner notre démission.

Encore une fois mes meilleures amitiés.

Votre A. Tchekhov.

75

M. Gorki à A. Tchekhov.

Arzamas, juin 1902.

J'ai eu la visite de Baranov, qui m'a appris que vous projetiez une croisière sur la Volga. De Nijni jusqu'ici il y a sept heures de voyage par le chemin de fer : la ligne est détestable. Mais nous avons un jardin, avec un énorme tilleul, sous lequel nous prenons le thé deux fois par jour. Et nous avons quatre pièces vides, qui vous sont destinées. Elles sont vides seulement de n'être pas occupées, mais les lits, les tables et tout le nécessaire s'y trouvent. La Tiocha est une belle rivière, et il y a du poisson autant que vous voudrez. Sérieusement. Après le bain je reste un moment sur la berge à regarder se promener dans l'eau les perches, les ides et autres signori. C'est très intéressant. Les environs me plaisent énormément : une large plaine, verte, semée de villages. Une paix prodigieuse. L'air est excellent. Des fraises et du lait à discrétion.

Je suis convaincu que cela ne vous ferait point de mal, à vous et à la petite tante Olga, de passer un mois ici et de vous nourrir des fruits de la terre arzamassienne, Réfléchissez. Et quand vous aurez réfléchi, télégraphiez : nous arrivons.

Ce Baranov est stupide. Si stupide qu'on rencontre rarement pareils exemplaires. Il me casse la tête avec toutes sortes d'inepties, et quoique je l'engueule solidement tous les jours en lui démontrant qu'il est un imbécile et une nullité, cela n'agit pas sur lui. Il est fort probable que j'en viendrai à le vexer.

J'ai grande envie de vous voir. Je vous enverrai bientôt une pièce ; faites-moi savoir à quelle adresse.

Quant à Pleve et au soin qu'il prend de moi, je n'y crois guère. Enfin, qui vivra verra. Ici je bataille avec la police, ce que je n'avais jamais fait. Un certain Danilov, qui n'est rien de plus qu'inspecteur, a voulu me montrer quel homme puissant il est sur la terre arzamassienne, et voici qu'un jour, de la façon la plus impudente, il a fait intrusion dans mon appartement et s'est mis à me demander, non moins impudemment, qui sont mes hôtes. À votre santé ! Je lui ai répondu : mon cher, vous allez décamper d'ici, et si les noms de mes hôtes vous intéressent, allez à l'hôtel où ils sont descendus et renseignez-vous sur eux. Mais ce sage et terrible représentant de la force publique me crie qu'il a le droit de pénétrer dans mon domicile à tout moment du jour et de la nuit et même, s'il le veut, de procéder à une perquisition de sa propre autorité. Il est parti. Et bien que mes hôtes aient passé à Arzamas trois jours entiers à l'hôtel, il n'est pas allé prendre de renseignements sur eux. Récemment il a fait encore un plus joli coup : Vera Kohlberg habite chez nous ; son frère étant très gravement malade, elle a été appelée par télégramme à Nijni, où ils ont une pharmacie. Elle a déclaré au commissariat la nécessité où elle se trouvait de partir et a pris le train. Mais voici qu'à la gare Danilov l'aborde et lui demande : « Qui vous a donné l'autorisation de partir ? » Elle s'explique. Mais Danilov hurle : « Veuillez descendre de voiture. » Voilà comment à Arzamas on s'enivre de pouvoir, et à quelles niaiseries il faut que je perde mon temps. Je me plains aux autorités supérieures, mais jusqu'ici je ne vois pas signe de leur grâce. Un policier fait les cent pas sous mes fenêtres, parfois arrive Danilov en personne, à cheval, qui jette un regard perçant et attentif à l'intérieur de mon logement, manifestement dans le désir de savoir avec quel succès je fais la révolution, la constitution et tout ce qui s'ensuit. C'est curieux, mais cela m'irrite.

Je vous le répète : venez sous la surveillance de Danilov. Tout ici est bien, sauf lui.

Ma femme vous salue. Moi de même.

Je vous serre la main bien fort.

A. Pechkov.

76

A. TCHEKHOV à M. GORKI.

Moscou, 11 juin 1902.

Cher Alexis Maximovitch,

Je suis à Moscou et je ne sais combien de temps je resterai encore ici. Ma femme est malade, elle est couchée et gémit ; elle ne peut s'asseoir, pour ne rien dire de marcher ou de voyager. Il faudra probablement l'opérer la semaine prochaine.

Envoyez votre pièce à l'adresse : Moscou, passage Neglinny, maison Gonetskoï ; je la lirai avec plaisir, plus qu'avec plaisir.

Amitiés à Ekaterina Pavlovna et aux enfants. Je me suis un peu tourmenté. Portez-vous bien et bonne chance.

Votre A. TCHEKHOV.

77

A. TCHEKHOV à M. GORKI.

Vsievoloda Vilva, 29 juin 1902.

Cher Alexis Maximovitch,

J'ai passé quelques jours à Perm ; puis j'ai remonté la Kama jusqu'en Ousolie et je redescends maintenant en chemin de fer jusqu'à Perm ; je me trouve près de la station de Vsievoloda Vilva. Le 2 juillet je serai de retour à Moscou, sans faute ; et si vous y avez envoyé votre pièce, je l'aurai lue le 3. Si ce n'est pas encore fait n'oubliez pas que mon adresse à Moscou reste mon adresse principale jusqu'à nouvel ordre. Peut-être irai-je m'installer en banlieue avec Olga (chez Alexeiev), mais de toute façon les relations seront quotidiennes entre mon appartement de Moscou et la villa.

Olga a été gravement malade, mais comme vous voyez je suis maintenant libéré et je puis être tranquille, Elle se rétablit et il y a espoir que pour la mi-août elle soit tout à fait remise et puisse répéter en véritable Knipper.

Le Théâtre artistique s'est transporté dans un nouveau local, tout à fait bien : le théâtre Lianovski, comme on l'appelle, passage Gazetny. On le remet à neuf et on en dit merveille.

Je ne sais plus depuis combien de jours je n'ai pas lu les journaux.

Saluez Ekaterina Pavlovna, Maximka et votre gentille fillette. J'espère que vous allez bien et ne vous ennuyez pas trop. Ici dans le gouvernement de Perm il fait très chaud, je ne cesse de boire de l'Apollinaris, une eau que j'ai trouvée à Perm. Ainsi donc écrivez-moi à Moscou. Je vous serre la main et je vous embrasse.

Votre A. Tchekhov.

78

A. TCHEKHOV à M. GORKI.

Moscou, 17 juillet 1902.

Cher Alexis Maximovitch,

Je suis encore à Moscou (ou aux environs). Je voudrais savoir comment vous allez, et je n'ai pas une seule lettre de vous. Avez-vous écrit une pièce? Que faites-vous? Comment allez-vous en général? Moi je ne vais pas mal, je pêche (dans la Kliazma, de la villa d'Alexeiev), je me porte bien, mais Olga n'est toujours pas remise, elle n'arrive pas à reprendre des forces.

Si votre pièce est terminée, que ne me l'envoyez-vous.

Griffonnez-moi quelques mots. Mon adresse est toujours passage Neglinny, maison Gonetskoï, Moscou. Profonds saluts et amitiés à Ekaterina Pavlovna, à Maximka et à la fillette.

Je vous serre la main et vous embrasse.

Votre A. TCHEKHOV.

Où serez-vous cet hiver? À Nijni, en Crimée? Moi j'irai sans doute à l'étranger. J'irai en Afrique, ou plus loin encore, par exemple à Ceylan, s'il n'y a pas la peste ou le choléra.

79

M. GORKI à A. TCHEKHOV.

Arzamas, deuxième quinzaine de juillet 1902.

Mon cher ami,

Quand vous aurez lu ma pièce je vous prie de me la retourner au plus tôt, car j'ai encore quelques corrections à y apporter.

J'ai grande envie d'assister aux répétitions, je demande à Vladimir Ivanovitch et à Constantin Sergueievitch de faire les démarches nécessaires à Moscou auprès du général gouverneur.

Je salue bien Olga Leonardovna et suis désolé de sa maladie. Je compte tant sur elle, ce serait parfait si elle allait jouer Vassilissa !

Quand vous l'aurez lue, dites-moi comment vous trouvez la pièce et à qui vous voudriez voir distribuer les rôles.

Je vous serre la main.

A. PECHKOV.

Alexine est chez moi.

C'est un type épatant, quel dommage que vous le connaissiez si peu ! Une belle âme !

Encore une chose : un cordonnier du village de Borispol, dans le gouvernement de Poltava, vous prie de lui envoyer celui de vos livres dans lequel se trouve le conte *Le Caméléon*. Un jour en chemin de fer il a entendu des gens qui avaient lu ce conte et d'autres louer vos œuvres et, ne sachant pas votre adresse, il m'a écrit de vous demander ce livre avec votre portrait.

Il est pauvre, avec une famille nombreuse. Vous le lui enverrez, n'est-ce pas?

J'ai donné à relier à Tatarinova les livres que vous m'avez offerts, et je ne les vois plus revenir, malgré lettres, télégrammes, etc.

Dieu sait ce qui se passe!

A. P.

80

A. TCHEKHOV à M. GORKI.

Lioubimovga, 29 juillet 1902.

Cher Alexis Maximovitch,

J'ai lu votre pièce. Elle est neuve et bonne sans aucun doute. Le deuxième acte est très bon, c'est le meilleur, le plus fort, et quand je l'ai lu, surtout à la fin, j'ai presque sauté de plaisir. L'atmosphère y est sombre, lourde, le public sera surpris et quittera la salle, et vous pouvez en tout cas dire adieu à votre réputation d'optimiste. Ma femme jouera Vassilissa, la fille dévergondée et méchante, Vichnevski arpente la maison et figure le Tatare – il est convaincu que c'est son rôle. Louka, hélas, ne peut être donné à Artème, il s'y répéterait, il se lasserait; par contre il troussera admirablement l'agent de police, c'est un rôle pour lui; sa concubine sera pour Samarova. L'Acteur, que vous avez fort bien réussi, est un rôle magnifique, il faut le donner à un acteur éprouvé, tel que Stanislavski.

Katchalov jouera le Baron.

Vous avez retiré du 4e acte les personnages les plus intéressants (sauf l'Acteur); prenez garde qu'il n'en résulte quelque inconvénient. Il peut paraître ennuyeux et inutile, surtout si après la sortie des acteurs les plus forts et les plus attachants, il ne reste en scène que les médiocres. La mort de l'Acteur est affreuse; c'est proprement une gifle que vous donnez au spectateur, à brûle-pourpoint, sans préparation. Comment le baron a échoué à l'asile de nuit, pourquoi il est baron – cela non plus n'est pas assez clair.

Vers le 10 août je partirai pour Yalta (ma femme restera à Moscou) puis je reviendrai le même mois à Moscou et j'y resterai s'il ne se produit rien de particulier, jusqu'en décembre. Je verrai *Les Petits-Bourgeois*, assisterai aux répétitions de la nouvelle pièce. Ne réussirez-vous pas à vous tirer d'Arzamas et à venir à Moscou, ne serait-ce qu'une semaine? On m'a dit que vous auriez l'autorisation, qu'on s'occupe de vous. À Moscou on transforme le théâtre Lianovski en Théâtre artistique; le travail va grand train, on a promis de terminer pour le 15 octobre, mais le spectacle ne pourra guère commencer avant fin novembre ou même décembre. Il me semble que les travaux sont gênés par les pluies, des pluies diluviennes.

Je suis à Lioubimovka, dans la villa d'Alexeiev, et je pêche du matin au soir. La rivière est très belle, profonde, poissonneuse. Et je suis devenu si paresseux qu'il m'est même désagréable de me lever.

La santé d'Olga se rétablit apparemment. Elle vous salue bien et vous envoie ses sincères amitiés. Transmettez les miennes à Ekaterina Pavlovna, à Maximka et à votre fillette.

La *Pensée* de L. Andreiev est quelque chose de prétentieux, d'obscur et d'apparemment inutile, mais c'est écrit avec talent. Andreiev manque de simplicité et son talent rappelle le chant d'un rossignol mécanique. Skitalets n'est qu'un pierrot, mais vivant, un vrai pierrot.

Nous nous reverrons fin août, de toute façon.

Bonne santé et bonne chance, ne vous ennuyez pas. J'ai eu la visite d'Alexine, qui dit du bien de vous.

Votre A. TCHEKHOV.

Prévenez-moi quand vous aurez reçu la pièce en retour. Mon adresse : passage Neglinny, maison Gonetskoï. Ne vous hâtez pas pour le titre, vous aurez le temps d'y penser.

81

M. GORKI à A. TCHEKHOV.

Arzamas, début d'août 1902.

Pour le 4ᵉ acte, je n'ai pas peur. Je n'ai peur de rien, voilà où j'en suis : au désespoir !

Ah si on me laissait aller à Moscou !

J'ai furieusement envie de vous voir et d'assister aux répétitions de votre pièce. Et de la mienne. Et de voir les gens, des gens qui marchent vite, qui ne portent pas des cravates aveuglantes et parlent d'autre chose que de salaisons, de la conduite de la femme du docteur, ou de

jouer au 66 ou au 666. J'en ai assez d'être ici. Ma tête
résonne de 36 carillons et ma poitrine grince comme
une télègue mal graissée. Mon appétit est détestable. Je
prends de l'arsenic.

J'attends Nemirovitch, qui devait être ici le 10. Ne
savez-vous où est Chaliapine? Dût-il me prêter de
l'argent, je demanderai au gouverneur l'autorisation
d'aller à la foire et j'y ferai la noce à la gloire de Dieu et
en l'honneur de l'antique ville de Nijni. Ici, à part le lait,
je ne bois d'aucun poison.

Si on ne me laisse pas partir d'ici à l'automne, je m'é-
prendrai de la cuisinière du contrôleur des contributions, qui habite en face de chez nous, je l'entraînerai
sur le plus haut des clochers de la ville et je me jetterai
en bas, avec elle bien entendu. Ce sera la mort tragique
de M. Gorki. Ou bien il y a ici une dame qui se pro-
mène en casquette polonaise, une cravache à la main et
un chien en laisse; quand elle rencontre le « suspect »
elle prend un visage méprisant et détourne la tête. Eh
bien j'attraperai cette dame par le pied gauche et je la
baignerai dans l'étang puant de Soroka, puis je lui ferai
manger un tome annuel des *Nouvelles de Moscou*, sans
les communiqués officiels, Dieu soit avec elle. Toute
créature mérite pitié. Ce sera « la conduite barbare de
M. Gorki ». De toute façon je donnerai « de la pâture »
aux journaux si on ne m'emmène pas d'ici.

Il pleut, c'est une damnation. Les chiens aboient,
les corbeaux croassent, les coqs chantent, les cloches
sonnent, mais d'hommes point. Dans la rue il ne passe
que des popes qui cherchent quelqu'un à enterrer,
fût-ce pour 30 kopecks. La cuisinière du contrôleur
des contributions est la seule femme intéressante sur
10 000 habitants, mais la diablesse sert l'Amour avec

tant de zèle que ses adorateurs la mettront sûrement en pièces ou que Vénus lui arrachera le nez.

Il y a peu de temps dans une maison voisine un cordonnier s'est pendu. Je suis allé le voir. Il était là pendu qui montrait sa langue au public d'un air de dire : hein, vous voyez, je vous ai plaqués, eh bien allez-y, continuez... Sa logeuse pleure, il lui devait onze roubles et cinq sous.

Brr ! quel ennui. Comme en hiver dans l'eau ça vous pince de tous les côtés, et ça vous écrase. Je salue bien bas votre épouse. Elle jouera Vassilissa ? Tant mieux. C'est tout ce que je souhaitais.

Allons, au revoir.

Je vous serre la main bien fort.

Merci.

A. Pechkov.

82

M. Gorki, etc. à A. Tchekhov.

Moscou, 19 décembre 1902.

Les artistes et les amis du Théâtre artistique fêtant le plein succès des *Bas-Fonds* envoient sur la proposition de Maxime Gorki leur salut sincère et heureux à leur grand ami Anton Pavlovitch.

83

A. TCHEKHOV à M. GORKI.

Yalta, 26 décembre 1902,

Mon bien cher Alexis Maximovitch

Je vous envoie la copie d'une lettre que je reçois d'un de mes amis, homme intelligent et tout à fait bien. Ce n'est pas moi qui l'ai recopiée, car je suis souffrant.

Je vous souhaite une bonne année, ainsi qu'à Ekaterina Pavlovna et à Maximka, avec mes sincères amitiés. Je vous embrasse, ayez joie et santé.

Votre A. TCHEKHOV.

Je n'ai pas les papiers dont a besoin Piatnitski. Je n'ai qu'une copie du contrat.

84

M. GORKI à A. TCHEKHOV.

Nijni-Novgorod, octobre 1903.

Cher Anton Pavlovitch,

Vous souvenez-vous ? Vous m'avez promis un conte pour le recueil du Savoir. Cette entreprise touche à sa fin. Andreiev, Bounine, Veressaiev, Tchirikov, Goussev ont

écrit le leur et j'aurai bientôt écrit le mien. Je voudrais
beaucoup que vous y preniez part. Puis-je l'espérer ? Pour
bientôt : fin octobre. Ayez la bonté de répondre.

Ici il neige. Bravo. On va en traîneau. Et votre santé ?
Alors, avez-vous fini *La Cerisaie* ?

Je vous serre la main bien fort.

A. PECHKOV.

85

M. GORKI, etc. à A. TCHEKHOV.

Nijni-Novgorod, 16 octobre 1903.

Vous demandons instamment donner pièce notre
recueil offrons mille cinq cents la feuille. PECHKOV,
PLATNITSKI.

86

M. GORKI à A. TCHEKHOV.

Nijni-Novgorod, octobre 1903.

Cher Anton Pavlovitch,

Olga Leonardovna vous a probablement déjà écrit
que notre recueil sera une œuvre de bienfaisance : nous

prélèverons 10% du bénéfice au profit de la Société nijégorodienne d'entraide au corps enseignant pour la construction d'une maison pour les enfants des instituteurs. Ce prélèvement n'intervient pas dans le décompte des honoraires d'auteur. Je suis très heureux que votre pièce paraisse dans notre recueil, très heureux.

En novembre, vers le milieu du mois, je serai à Moscou, donc je vous verrai. Ça aussi c'est chic.

Allons, en attendant bonne chance et bonne santé.

Votre A. Pechkov.

87

M. Gorki à A. Tchekhov.

Nijni-Novgorod, 14 novembre 1903.

Serai Moscou dix-huit passage. Pétersbourg prière télégraphier me donner pièce amitiés. Pechkov.

88

M. Gorki à A. Tchekhov.

Nijni-Novgorod, décembre 1903.

Je vous envoie, mon cher Anton Pavlovitch, une lettre que j'ai reçue pour vous.

Elle est d'un garçon extrêmement curieux et intéressant; si vous lui envoyez une couple de vos livres, vous le jetterez dans un enthousiasme délirant.

Je n'ai donc pas eu le temps de passer vous voir à Moscou, je le regrette et m'en excuse, mais j'ai eu si peu de temps, j'étais chargé de tant de commissions diverses pendant ce voyage que vraiment je n'ai pas eu un bout de temps libre.

Je reparaîtrai en janvier, mais cette fois « pour prendre du bon temps ».

J'irai au concert de bienfaisance de Chaliapine, à l'exposition de l'Union des Artistes, bref je mènerai une vie très dissipée. Je suis fatigué comme un vieillard et pas très bien portant, la tête me fait mal et la poitrine aussi. Et pourtant il faut encore travailler, c'est le temps qui manque.

Je rêve toujours de louer un bateau, de m'en aller au milieu de l'océan et là, dans la solitude, de pêcher des grémilles.

Je n'aime pas la pêche, mais que faire?

Je vous serre la main bien fort.

                                        A. PECHKOV.

Oui, j'ai une humble prière à vous adresser : vous serez sollicité par la Société moscovite de secours aux étudiantes, qui vous demandera un conte pour le recueil qu'elle édite pour la construction d'une Maison.

J'y associe mon humble prière : donnez quelque chose. La chose est bonne et le recueil sera intéressant. Nous l'imprimons au Savoir à 30 000-40 000.

Et je vous souhaite de tout cœur du goût à l'ouvrage et une bonne santé.

                                        A. P.

89

M. GORKI, etc. à A. TCHEKHOV.

Saint-Pétersbourg, 2 juin 1904.

Prions poser Marx condition ne pas sortir pièce avant fin année. PECHKOV, PIATNITSKI.

NOTES

Lettre 1

Victor Sergueievitch Mirolioubov (né en 1860), ami commun de Gorki et de Tchekhov. Il appartenait à la troupe du Grand Théâtre de Moscou où il chantait sous le pseudonyme de Mirov. À partir de janvier 1898 commence son activité d'éditeur : il dirige et édite une revue populaire mensuelle de vulgarisation scientifique, *La Revue pour tous*, à laquelle collaborèrent les meilleurs écrivains de l'époque : Tchekhov, Gorki, Andreiev, Tchirikov, Kouprine, etc. En octobre 1898 il était à Yalta.

Mes livres : les deux premiers volumes d'*Esquisses et récits* de M. Gorki avaient paru en mai 1898. Tous les textes en avaient déjà paru, de 1892 à 1897, dans des journaux et des revues, pour la plupart provinciaux.

La Gazette de Nijni : Gorki y collabora de 1896 à 1901.

Lettre 2

La Foire à Goltva (1897), traduit par S. Persky dans *Wania*, Paris, Perrin, 1902.

Lettre 3

L'Oncle Vania (1897), traduit par D. Roche dans *Œuvres* de Tchekhov, t. XIV, Paris, Plon, 1922.

La Mouette, drame de Tchekhov, 1896, *id.*, t. XV, Paris, Plon, 1923.

LETTRE 4

Dans la steppe (1897), traduit par S. Persky, Paris, Perrin, 1902.
Malva (1897), traductions françaises : 1° *Les Contes de Gorki*, Ferenczi, s. d.; 2° *Les Vagabonds*, Mercure de France, 1901; 3° *Œuvres* de Gorki, trad. par J.-W. Bienstock, t. III, Librairie universelle, 1905.

En radeau (1895), traduit par S. Persky dans *Caïn et Artème*, Paris, Perrin, 1902.

Korolenko V. G. (1853-1921), exilé en Sibérie orientale en 1879, était rentré en 1885 et s'était établi à Nijni-Novgorod. Il fut par ses conseils et ses démarches un des plus actifs soutiens de Gorki à ses débuts dans la vie littéraire. Gorki a laissé sur lui différents articles et recueils de souvenirs (non traduits en français). Korolenko fut un des plus grands représentants du réalisme démocratique. On peut lire de lui en français : *Le Musicien aveugle* (nombreuses éditions), *Le Rêve de Makar et autres contes*, Paris, Ollendorf, 1894; *La Gelée et autres contes*, Paris, Povolotski, 1922; *La Forêt murmure*, Paris, Colin, 1895, etc.

Potapenko (né en 1856), un des représentants du populisme en littérature. On peut lire de lui en français : « Le Pope », roman traduit par L. Goschmann, Paris, Perrin, 1899; *Le Roman d'un homme raisonnable*, traduit par M. Polonsky, Paris, Calmann-Lévy, 1892.

Mamine-Sibiriak D. N. (1852-1912), cf. note de la lettre 54.

LETTRE 5

Maupassant : des traductions isolées de ses contes parurent en Russie dès le début des années 80. Les premières éditions de ses œuvres en russe sont de 1894 à 1895.

La Vie, revue culturelle et politique paraissant à Saint-Pétersbourg de 1897 à 1901. Prise en main par V. A. Possé en décembre 1898, elle devint l'organe du « marxisme légal ». Parmi les écrivains qui y collaborèrent on peut citer A. S. Seraphimovitch, Tchirikov, Veressaiev, Skitalets, Timkovski, Andreiev, Garine, Bounine, Tchekhov. Gorki y fit paraître toutes ses œuvres de cette période. Lénine collabora par deux fois à la partie politique : « Réponse à P. Nejdanov » (1899) et *Le Capitalisme dans l'économie paysanne* (1900).

À la suite de la publication du poème de Gorki, Le *Chant du pétrel*, dans le numéro d'avril 1901, la revue fut interdite par mesure policière. Sur le conseil de Gorki, Possé en reprit la publication à l'étranger. Toutefois Gorki, qui se rapprochait à cette époque du groupe social-démocrate inspiré par Lénine, dont *L'Étincelle* était l'organe, s'éloigna rapidement de Possé.

Lettre 7

Tchirikov E. N. (1864-1932). Le conte auquel fait allusion Tchekhov est *Les Étrangers*.

La seule œuvre de Tchirikov traduite en français est *Jeunesse*, Paris, Payot, 1928.

Veressaiev, pseudonyme de V. V. Smidovitch (1867-1945), a reçu le prix Staline à titre posthume en 1946. Le conte dont il s'agit est *La Fin d'André Ivanovitch*. Non traduit en français. De Veressaiev ont été traduits : *Mémoires d'un médecin*, Paris, Perrin, 1902 et *Guerre civile* (1924), Paris, Payot, 1929.

Kirilka (1899), traduit par S. Persky dans *Wania*, Paris, Perrin, 1902.

Le Ménage Orlov (1898), traduit par S. Kikina et P. Lachesnais dans *Les Déchu*, Paris, Mercure de France, 1901, rééd. 1905 et 1931.

Lettre 8

Sans chemin, 1895.

Le Principe, organe du « marxisme légal », paraissant à Saint-Pétersbourg sous la direction de P. Strouvé et de M. Tougan-Baranovski, de janvier à mai 1899, date à laquelle il fut interdit.

Il publia des articles de Plekhanov, Martov, Vera Zassoulitch, et un chapitre du *Développement du capitalisme en Russie* de Lénine.

LETTRE 9

M. I. Vodovozova monta la première maison d'édition marxiste en Russie. Elle dirigeait la partie littéraire du *Principe*.

P. B. Strouvé, représentant le plus marquant du « marxisme légal », passa ensuite au libéralisme et devint un des chefs du parti des Cadets. Émigra en 1917.

LETTRE 11

Korch : sans doute la fille de F. A. Korch, directeur du Théâtre dramatique Korch, amie de Tchekhov.

Timkovski N. I. (1863-1922), écrivain, auteur de romans et d'études pédagogiques. La pièce dont parle Gorki est *Les Forts et les faibles*, qui devait paraître en 1900. Non traduite en français.

Soloviov E. A., pseud. Andreievitch (1866-1902), un des premiers critiques qui aient tenté une étude sociologique de la littérature. Les contemporains, à tort, le tenaient pour marxiste. Collaborateur de *La Vie*. Il publia entre autres des *Essais sur la littérature russe du xixe siècle* (1902) et un *Livre sur Gorki et Tchekhov* (1900). Dans ses études sur Tchekhov il prenait le contre-pied des jugements de Mikhaïlovski (cf. lettre 10).

LETTRE 12

De Pétersbourg, je reçois des lettres pénibles : il s'agit de lettres de A. S. Souvorine, éditeur et journaliste, directeur et éditeur de *Temps nouveau*, organe des milieux conservateurs liés à la Cour. Dans ces lettres, qui n'ont pas été conservées, Souvorine essayait sans doute de justifier ses articles de *Temps nouveau* dirigés contre les émeutes estudiantines de 1899, à propos desquels Tchekhov lui avait adressé une lettre très dure (4 mars 1899). Lors de l'affaire Dreyfus, Souvorine prit une position violemment antisémite qui lui valut une « Lettre ouverte » de Gorki (*La Vie*, mars 1899).

Lettre 14

Volynski A. L., pseud. de Flexer (1863-1926), un des premiers idéologues du modernisme russe. Non traduit en français.

Franko Ivan (1856-1916), poète et publiciste, un des plus grands représentants de la littérature galicienne (Ukraine occidentale).

L'affaire dans laquelle j'ai été inculpé : en 1899 Gorki était encore placé sous surveillance policière à la suite de son arrestation dans l'affaire du cercle révolutionnaire de Tiflis (mai 1898).

Lettre 15

Le vieux : Souvorine. Cf. lettre 12 et note.

Bounine I. A. (né en 1870) est entré dans la littérature en 1888. Il était très lié avec Tchekhov et avec Gorki à qui il dédia *La Chute des feuilles*. Après la révolution d'Octobre, Bounine vécut en France, où une partie de ses œuvres a été traduite et éditée (éditions Bossard, Émile-Paul, Stock).

Le Rêveur, non traduit en français.

Lettre 16

Grigori Spiridonovitch Petrov (né en 1867), auteur de nombreux ouvrages religieux et philosophiques qui exercèrent un vif attrait sur l'intelligentsia russe des années 1900. L'Église lui interdit l'exercice du culte, le menaça d'exil, et il finit par renoncer à l'habit.

LETTRE 17

Elena Mikhailovna Just (née en 1874), femme de lettres. Elle connaissait Tchekhov depuis 1889 et était en correspondance suivie avec lui. Les lettres de Tchekhov à Elena Just contiennent de nombreux conseils littéraires.

LETTRE 19

Mon Thomas. Le roman *Thomas Gordeiev* auquel Gorki travaillait depuis 1898 et qui lui donnait beaucoup de peine. Il devait paraître en 1899. Traduction française par Mme Marinovitch, Paris, Calmann-Lévy, 1901.

LETTRE 21

Srédine, médecin ami de Tchekhov et de Gorki.

Altschuler, spécialiste des maladies du poumon; c'est lui qui soigna Tchekhov et Tolstoï.

La Glèbe, hebdomadaire illustré édité par Marx à Saint-Pétersbourg de 1870 à 1918. À partir de 1891 il donna en supplément les œuvres de grands écrivains russes et étrangers.

LETTRE 22

Koutchoukoï, village de la côte sud de Crimée où se trouvait la villa de Tchekhov.

LETTRE 24

Guiliarovski V. A. (1855-1935), romancier, poète et journaliste. Il collabora avec Tchekhov aux journaux humoristiques des années 80.
Iartsev, peintre établi à Yalta.

LETTRE 25

Volkova, libraire de Yalta.
Nozdrev, personnage des *Âmes mortes* de Gogol.

LETTRE 26

Sinani, libraire de Yalta, ami de Tchekhov et de Gorki.

LETTRE 31

Dorovalovski S. P., agronome d'origine ; il prit sur lui, à la demande de Possé, l'édition des deux premiers volumes de Gorki, que personne ne voulait éditer alors (fin 1897).
Epifanov : Tchekhov l'avait connu dans les années 80 quand ils collaboraient tous les deux au journal humoristique *Le Réveil*. En 1898, Epifanov collaborait au journal humoristique *Récréation*. Lorsqu'il tomba malade, Tchekhov lui assura une pension et subvint aux frais de son traitement à Yalta.

LETTRE 32

La personne que j'allais voir : M. S. Pozern.
Un camarade qui m'est très cher : l'avocat Lanine, qui employa Gorki en 1892 au retour de ses pérégrinations à travers

la Russie, l'aida à vivre et lui permit d'entrer dans le journalisme.

Une fille : Klavdia Gross, dont Gorki publia l'autobiographie avec une préface dans *Le Courrier du Nord* (13-15 novembre 1899) sous le titre *Récit*.

LETTRE 33

Telechov N. D. (né en 1867), non traduit en français.

Un grand machin : le roman *Un moujik*, dont les deux premières parties parurent dans *La Vie* en mars et avril 1900, et dont le troisième chapitre, retrouvé en manuscrit, fut édité par l'Académie des Sciences en 1946. Non recueilli dans les *Œuvres* de Gorki, et inédit en français.

LETTRE 34

L'Orphelin (1899), non traduit en français.

Slepfsov V. A. (1838-1878), un des plus brillants écrivains des années 60-70 ; représentant des idées démocratiques dans la littérature des années 60. Non traduit en français.

LETTRE 35

La Puissance des ténèbres (1886), de Léon Tolstoï. La censure n'en autorisa la représentation qu'en 1895. Tolstoï y développe la théorie de la non-résistance au mal, qui lui était chère, et contre laquelle s'élevait violemment Gorki, qui lui reprochait d'être antisociale.

La Dame au chien, traduit par D. Roche dans *Œuvres* de Tchekhov, t. IV, Paris, Plon, 1923.

Tchoulkov G. I. (né en 1879), donna son premier conte (*Sur l'autre rive*) en 1899. Sa participation au travail politique illégal lui valut d'être éxilé et il revint à la littérature qu'en 1904. Il se joignit au groupe des symbolistes. Non traduit en français.

LETTRE 36

De ses rencontres avec Tolstoï, Gorki a tiré divers écrits, dont les souvenirs publiés en français sous le titre *Trois Russes : Tolstoï, Tchekhov, Andreiev*, NRF 1935.

« *Cyrano de Bergerac* » (1897). Ce passage tiré de l'adaptation russe de la pièce d'Edmond Rostand répond sans doute à la présentation des Cadets, acte II, sc. 7 : « Ce sont les cadets de Gascogne... »

LETTRE 38

Dans le ravin, *Œuvres*, t. 1, Paris, Plon, 1922.

Engelhardt, collaborateur de *Temps nouveau* où il racontait sa conversation avec Tolstoï. La correspondance de Tolstoï confirme d'ailleurs le jugement qu'Engelhardt lui prête sur Tchekhov.

LETTRE 39

Ivan Pavlovitch, frère de Tchekhov, pédagogue.

LETTRE 40

Résurrection, roman de Tolstoï, paru dans *La Glèbe* en 1899.

Vingt-six hommes et une femme (1899), traduit par S. Persky dans *Dans la steppe*, Paris, Perrin, 1902.

LETTRE 44

Nazareva (1847-1900), femme de lettres, auteur de plus de cinquante romans.

Melchine, P. F., Iakoubovitch (1860-1911), pseudonymes Melchine, Ramchev, Grinevitch, poète et révolutionnaire du groupe de la Volonté populaire. Arrêté et condamné à mort en 1884, sa peine fut commuée en dix-huit ans de bagne. Ses souvenirs de bagne, *Dans le monde des déporté* (1896), sont célèbres.

C'est lui qui avait pris l'initiative de publier en l'honneur de Mikhaïlovski des mélanges auxquels Gorki et Tchekhov refusèrent de participer. Ils parurent en 1901.

LETTRE 45

Allons en Chine, où avait éclaté en 1900 la guerre des Boxers, dont le but de libérer la Chine du joug du capitalisme étranger en même temps que du régime féodal.

LETTRE 46

Chtcheglov, pseud. de I. L. Leontiev (1856-1911), auteur de romans, de nouvelles, de comédies et de vaudevilles. Ses pièces eurent un grand succès. Non traduit en français.

LETTRE 48

Dantchenko, V. A. Nemirovitch-Dantchenko (1858-1944), fondateur, régisseur et directeur du Théâtre artistique de Moscou. Il était depuis 1895 très lié avec Tchekhov, avec qui il était en correspondance suivie. Il a laissé plusieurs recueils de souvenirs sur le Théâtre artistique et sur la représentation des pièces de Tchekhov. Il a reçu le prix Staline à titre posthume en 1946.

LETTRE 49

Soulerjitski L. A. (1872-1916), régisseur adjoint du Théâtre artistique de Moscou. Ami et disciple de Tolstoï, il alla jusqu'à accompagner au Canada une colonie de tolstoïens. Très lié avec Tchekhov et Gorki, qui le représente comme un homme « d'un grand charme personnel ».

Baltrouchaitis Iou. K. (né en 1873), poète, appartenait au groupe symboliste. Devint en 1921 légat de la république socialiste soviétique de Lituanie.

Piatnitski K. P. (né en 1864), fondateur avec Gorki des éditions du Savoir, dont il était l'administrateur.

LETTRE 51

Snegourotchka, pièce de A. N. Ostrovski, jouée par le Théâtre artistique le 24 septembre 1900. Traduction française dans *Chefs-d'œuvre dramatiques de A. N. Ostrovski* traduits par E. Durand-Gréville, Paris, Plon, 1889.

Les Knipper : famille d'Olga Leonardovna Knipper, actrice du Théâtre artistique, femme de Tchekhov.

Krandievskaia A. R. (née en 1885), romancière, non traduite en français.

Gretchaninov A. T. (né en 1864), compositeur. Il est entre autres, l'auteur d'un opéra *Dobrynia Nikititch*, de la musique d'accompagnement pour les tragédies d'Alexis Tolstoï, *Le Tsar Fedor Ivanovitch* et *La Mort d'Ivan le Terrible*.

LETTRE 52

Danilov I. A., pseudonyme d'un auteur inconnu qui publia dans les années 90 une série d'ouvrages sur la vie monastique. La nouvelle à laquelle fait allusion Tchekhov raconte la rééducation progressive d'une jeune fille dans l'esprit de la morale conventuelle, patience et renoncement.

Menchikov M. O. (1859-1918), critique, collaborateur du libéral *Semaine*, puis du réactionnaire *Temps nouveau*. Il avait fait la connaissance de Tchekhov en 1892 et l'avait attiré à *La Semaine*.

LETTRE 53

Vasnetsov V. M. (1848-1926), peintre d'abord réaliste, puis peintre d'histoire. Il avait peint les décors pour *Snegourotchka*.

La Mort d'Ivan le Terrible, drame d'Alexis Tolstoï. Traduction française par B. Tseytline et E. Jaubert, Paris, Savine, 1889, réimpr. Paris, Stock, 1912.

Savva Mamontov, gros industriel et important mécène, qui fit beaucoup pour le développement du théâtre et surtout de l'opéra en Russie.

Morozov S. T. (1862-1905), industriel et mécène, soutint le Théâtre artistique à ses débuts. Il lui fit bâtir son propre théâtre. Gorki, qui fit sa connaissance en 1901, estimait fort sa culture, son caractère et sa générosité. Par son intermédiaire, Morozov apporta une aide matérielle importante au mouvement révolutionnaire.

Soloviov V. S. (1858-1900), philosophe et poète mystique. Gorki fait sans doute allusion à *Brève histoire de l'Antéchrist* qui sert de conclusion à ses *Trois entretiens* parus en 1899. Traduction par E. Tavernier, Paris, Plon, 1916.

Brioussov V. I. (1870-1924), poète, romancier et critique, fut avec Balmont un des initiateurs et des chefs du symbolisme russe. Quelques-uns de ses poèmes ont été traduits dans l'*Anthologie des poètes russes* de Jean Chuzeville, Paris, Grès, 1914.

LETTRE 54

L'Esclavage moderne, traduit par A. Souberbielle, Paris, éd. de la Revue Blanche, Paris, 1900.

La Racine du mal ?, *id.*, Paris, 1901.

Tu ne tueras point, traduit par R. Slavski, Paris, Société d'édition française et étrangère, Paris, s. d.

Mamine, D. N. Mamine-Sibiriak (1852-1912), écrivain du groupe des populistes. Il est avec Gleb Ouspenski le seul du groupe dont Gorki ait toujours parlé avec éloge. Non traduit en français.

Le Père Serge, auquel Tolstoï travailla de 1891 à 1898, parut seulement en 1911. Traductions françaises par J.-W. Bienstock, Paris, Nelson, 1912, et par G. d'Ostoya, Paris, Rouff, 1925.

LETTRE 55

Les Trois Sœurs, traduit par D. Roche dans *Œuvres* de Tchekhov, t. XV, Paris, Plon, 1923.

LETTRE 56

Trois destinées, traduit sous le titre *Les Trois* par H. Martel, Paris, Ollendorf, 1902.

LETTRE 57

Les 43 et les 39 écrivains : la première de ces lettres avait été adressée au ministre de l'Intérieur le 4 mars par les écrivains réunis au sein de l'Association d'entraide des écrivains russes ; la seconde, « Lettre des écrivains russes aux rédactions des journaux et revues russes », signée de 43 noms dont celui de Gorki, circulait, polycopiée, sous le manteau.

Kleigels, préfet de police de Saint-Pétersbourg.

Isseiev, colonel du régiment cosaque des gardes du corps.

Annenski N. F. (1842-1912), publiciste et statisticien, était un des plus en vue parmi les populistes des années 90 et 1900. Il fut un des principaux organisateurs de la statistique russe. Gorki lui a consacré des Souvenirs (non traduits en français).

Pechekhonov A. B. (1867-1933), publiciste, fut membre du gouvernement provisoire de février à octobre 1917 et émigra ensuite.

Tougan-Baranovski M. I. (1865-1919), un des principaux représentants du « marxisme légal », passa ensuite dans les rangs des libéraux. Il collaborait à *La Parole nouvelle* et au *Principe.*

Le télégramme de sympathie : à l'occasion de sa fermeture par mesure policière le 12 mars 1901.

LETTRE 61

Votre correspondance m'arrive par la direction de la gendarmerie : Gorki, emprisonné après l'affaire du 4 mars, fut relâché le 21 mai, mais restait sous surveillance policière.

Le Savoir, coopérative d'édition fondée par Gorki et Piatnitski à la fois pour éviter l'exploitation des écrivains par les éditeurs, et pour assurer une large diffusion populaire de leurs ouvrages. Le Savoir publia une quarantaine de recueils, des œuvres séparées et des collections de vulgarisation.

Petrov-Skitalets (né en 1868), le premier en date et le plus en vue des disciples de Gorki. Il avait été arrêté en même temps que Gorki le 17 avril pour avoir fabriqué un duplicateur clandestin ; tandis que la libération de Gorki avait pu être obtenue, Skitalets restait en prison. Non traduit en français.

Nesterov M. V. (né en 1862), peintre.

LETTRE 66

Mon drame : Les Petits-Bourgeois, trad. par E. Séménoff et E. Smirnoff, Paris, Mercure de France, 1902.

La débâcle de La Vie : interdite par mesure policière à la suite de la publication du *Chant du pétrel* de Gorki (traduit sous le titre *L'Annonciateur de la tempête* par E. Séménoff, Paris, Mercure de France, 1905). La fermeture fut précédée d'une perquisition au cours de laquelle disparurent de nombreux documents et manuscrits.

LETTRE 67

Votre pièce : Les Petits-Bourgeois.

LETTRE 70

Maguit, avocat à Yalta.
Balaban, médecin et acteur.
Goldenweiser A. B., pianiste, professeur au Conservatoire de Moscou. Auteur d'un livre connu sur Tolstoï, *Conversations avec Tolstoï* (1922-1923).

LETTRE 71

La Revue du Sud, journal politique, littéraire, industriel et financier, publié à Odessa. En fait, il n'a jamais paru de conte de Tchekhov dans ce journal.

LETTRE 72

Botchougarski V. I. (1861-1915), pseud. littéraire de V. Iakovlev, homme politique et historien du mouvement révolutionnaire en Russie.

LETTRE 73

Mme Ixkoul, baronne V. I. Ixkoul von Hildenband, s'occupa un temps de littérature, se lia avec les cercles littéraires libéraux et radicaux. Elle utilisa souvent ses relations dans les sphères bureaucratiques pour venir en aide à des écrivains menacés.

LETTRE 74

Un ancien chanteur : l'écrivain Skitalets.

Korolenko : Gorki avait été élu le 21 février 1902 membre d'honneur de l'Académie. Le ministre de l'Intérieur présenta au tsar Nicolas II le résultat de cette élection en même temps qu'une notice sur la situation de Gorki, alors sous surveillance policière. Le tsar nota en marge : « Plus qu'original. » À la suite de quoi les élections furent annulées. En manière de protestation Tchekhov et Korolenko décidèrent de donner ensemble leur démission de l'Académie.

LETTRE 75

Vera Kohlberg, arrêtée en 1901 dans l'affaire du duplicateur que Gorki et Skitalets avaient expédié à son nom.

LETTRE 76

Votre pièce : Les Bas-Fonds, que Gorki termine en 1902. Traduction française par M. Séménoff, Paris, Mercure de France, 1903 ; et par E. Halpérine-Kaminsky, Paris, Fasquelle, 1905, réimp. 1923.

LETTRE 77

Alexeiev-Stanislavski, le grand acteur du Théâtre artistique de Moscou.

LETTRE 80

Votre pièce : Les Bas-Fonds.

Léonid Andreiev : un des principaux « décadents ». Très lié avec Gorki, bien qu'ils aient suivi des voies très différentes. La révolution les sépara. Plusieurs œuvres d'Andreiev ont été traduites en français. *La Pensée* ne l'est pas.

LETTRE 84

La Cerisaie, pièce de Tchekhov, trad. par D. Roche dans *Œuvres* de Tchekhov, t. XIV, Paris, Plon, 1922.

Quelques Cahiers Rouges...

Anthologie : *Napoléon raconté par ceux qui l'ont connu*
Bazin Hervé : *Vipère au poing*
Beerbohm Max : *L'hypocrite heureux*
Besson Patrick : *Les Frères de la consolation*
Bukowski Charles : *Au sud de nulle part* ▪ *Factotum* ▪ *L'amour est un chien de l'enfer t1* ▪ *L'amour est un chien de l'enfer t2* ▪ *Le Postier* ▪ *Souvenirs d'un pas grand-chose* ▪ *Women* ▪ *Contes de la folie ordinaire* ▪ *Hollywood* ▪ *Je t'aime, Albert* ▪ *Journal d'un vieux dégueulasse*
Burgess Anthony : *Pianistes* ▪ *Mais les blondes préfèrent-elles les hommes ?*
Doubrovsky Serge : *Le livre brisé*
Dreyfus Robert : *Souvenirs sur Marcel Proust*
Fernandez Dominique : *Porporino ou les mystères de Naples* ▪ *L'Étoile rose*
Fernandez Ramon : *Messages* ▪ *Molière ou l'essence du génie comique* ▪ *Proust* ▪ *Philippe Sauveur*
Frank Bernard : *Le dernier des Mohicans*
Funck-Brentano Frantz : *La cour du Roi-Soleil*
Girard René : *Mensonge romantique et vérité romanesque*
Groult Benoîte : *Ainsi soit-elle*
Ingres : *Écrits sur l'art*
Isherwood Christopher : *Adieu à Berlin* ▪ *Mr Norris change de train* ▪ *La Violette du Prater* ▪ *Un homme au singulier*
Kessler Comte : *Cahiers, 1918-1937*
Laurent Jacques : *Croire à Noël* ▪ *Le Petit Canard* ▪ *Les sous-ensembles flous* ▪ *Les dimanches de Mademoiselle Beaunon*
Levin Hanokh : *Popper*
Loos Adolf : *Comment doit-on s'habiller ?*
Malaparte Curzio : *Technique du coup d'État* ▪ *Le bonhomme Lénine*
Monzie Anatole de : *Les Veuves abusives*
Mutis Alvaro : *La Dernière escale du tramp steamer* ▪ *Ilona vient avec la pluie* ▪ *La Neige de l'Amiral* ▪ *Abdul Bashur* ▪ *Le dernier visage* ▪ *Le rendez-vous de Bergen*
Naipaul V.S. : *Le Masseur mystique* ▪ *Crépuscule sur l'islam* ▪ *Jusqu'au bout de la foi* ▪ *L'Énigme de l'arrivée*
Nucéra Louis : *Mes ports d'attache*
Pange Pauline de : *Comment j'ai vu 1900* ▪ *Confidences d'une jeune fille*
Proust Marcel : *Albertine disparue*
Reboux Paul et **Muller** Charles : *A la manière de...*
Saint Jean Robert de : *Journal d'un journaliste*
Schoendoerffer Pierre : *L'adieu au roi*
Twain Marc : *Quand Satan raconte la terre au Bon Dieu*
Vonnegut Kurt : *Galápagos* ▪ *Barbe-Bleue*
Wittig Monique et **Zeig** Sande : *Brouillon pour un dictionnaire des amantes*
Zweig Stefan : *Brûlant secret* ▪ *Le Chandelier enterré* ▪ *Erasme* ▪ *Fouché* ▪ *Marie Stuart* ▪ *Marie-Antoinette* ▪ *La Peur* ▪ *La Pitié dangereuse* ▪ *Souvenirs et rencontres* ▪ *Un caprice de Bonaparte*

Cet ouvrage a été imprimé en France
par CPI Buissière
à Saint-Amand-Montrond (Cher)
en octobre 2014

Composition réalisée par Belle Page

N° d'édition : 18573 – N° d'impression : 2011675
Dépôt légal : octobre 2014
Imprimé en France